PORTES OUVERTES SUR MAISON CLOSE

MADAME LISA

avec la collaboration de Jean-Pierre Saccani

PORTES OUVERTES SUR MAISON CLOSE

BERNARD GRASSET

PARIS

Photo de couverture :
© Getty images / © Philippe Quaisse

ISBN : 978-2-246-79378-6

Aux miens,

Aux filles de joie et de peine partagées, victimes de l'amour.

Aux hommes de l'ombre, de la confidence et des secrets enfouis.

Préface

Voté en 2003, dans le cadre de la loi pour la sécurité intérieure, le délit de racolage passif a bouleversé le monde de la prostitution. C'est vrai, les prostituées sont moins visibles dans les villes ; reléguées aux périphéries dans les bois ou le long des routes nationales, leur condition s'est-elle améliorée pour autant ? Evidemment pas.

En situation permanente d'insécurité, obligées de se cacher, elles échappent de plus en plus aux associations de prévention. Comme le remarque Médecins du Monde qui juge cette loi « contre-productive », elles se retrouvent souvent pieds et poings liés face à des clients qui sont en mesure d'exiger des rapports non protégés ou de discuter les tarifs.

De plus, cette loi a aussi été une aubaine pour les réseaux mafieux venus de l'Est, de

Roumanie notamment. Très structurés, faisant régner la terreur sur ces filles et leurs proches, ils font « tourner » en permanence leurs victimes aux quatre coins de l'Hexagone, voire de l'Europe, donnant ainsi peu de prises aux enquêteurs, même si l'Office central pour la répression de la traite des êtres humains (OCRTEH) déclare avoir démantelé 44 réseaux en 2011.

Outre le délit de racolage passif, Internet a également modifié en profondeur les règles et la sociologie du plus vieux métier du monde. Selon les données officielles, 18 000 à 20 000 personnes se prostitueraient en France (dont 15 % d'hommes). C'est peu, comparé à l'Allemagne ou à l'Espagne qui comptent officiellement 400 000 « travailleurs sexuels ». Des chiffres qui laissent penser que la situation française est largement sous-évaluée. Le STRASS (Syndicat du travail sexuel) estime par exemple à 200 000 le nombre de prostitué(e)s qui exercent en France.

Autre phénomène notable dû à Internet : de plus en plus de femmes, qu'elles soient étudiantes ou mères de famille, se prostituent de manière occasionnelle. Anonymes derrière la toile, elles ne sont pas à l'abri des désaxés, comme le prouve le nombre croissant d'agressions dont sont victimes ces femmes qui travaillent seules en appartement et qui n'osent pas toujours aller déposer plainte lorsqu'elles sont victimes de violences. Un autre effet pervers de l'illégalité.

Il y a quelques mois, l'Assemblée nationale, droite et gauche confondues, a voté pour la position « abolitionniste » de la France en matière de prostitution. Un consensus politique rare qui pourrait aboutir à une loi visant à pénaliser le client. Une position inspirée du modèle suédois qui existe depuis 1999. Concrètement, le client serait alors passible d'une peine de deux mois d'emprisonnement et de 3 750 euros d'amende.

Des voix, comme celle d'Elisabeth Badinter, se sont élevées contre ce projet de loi. Elle défend ainsi le droit des femmes à se prostituer, à la condition essentielle qu'elles n'y soient pas contraintes. Même son de cloche chez les associations, d'Act Up au STRASS.

Dans la réalité, en Suède, la prostitution existe toujours aujourd'hui, mais elle s'est déplacée vers la Finlande qui compte deux fois plus de prostituées que son pays voisin (pour une population deux fois moins importante). L'exil des Suédois en quête de sexe tarifé n'est sans doute pas étranger à ce phénomène.

A l'heure où des séries comme *Maison close* diffusée sur Canal+ ou le film *L'Apollonide* de Bertrand Bonello ont réveillé la nostalgie des « bordels », et où Zahia ou Dodo la Saumure défraient la chronique, il m'a paru intéressant d'écouter une femme qui a gravi tous les échelons de la prostitution, toujours de son plein gré, et qui exerce désormais sa profession au grand jour, sans que cela l'empêche de mener, en parallèle, sa vie de famille.

Cette femme pratique son métier dans un pays, la Suisse, où la prostitution est légale et encadrée. Prostituées et proxénètes possèdent chacun un statut bien particulier, des droits et de nombreuses obligations aussi. Madame Lisa dirige aujourd'hui le plus grand salon érotique de Genève, une ville qui en compte discrètement plus de cent dont la taille et la forme varient, du petit studio à l'appartement en passant par des salons de massages. Elle a créé le sien dans l'esprit des maisons closes d'antan, l'un de ses vieux fantasmes. Pour autant, son récit n'est pas un plaidoyer pour la réouverture des maisons closes. La question n'est pas là, mais plutôt dans l'étude d'une autre voie, d'un autre modèle, celui qui ne pénalise personne, ni les prostituées, ni les clients.

Ce document est aussi le récit d'une vie, d'un itinéraire particulier et d'une vocation personnelle. Madame Lisa a voulu raconter sans fard sa vie de prostituée à l'heure actuelle. Si son témoignage paraît optimiste, il n'oublie pas la profonde misère dans laquelle sont plongées nombre de ses consœurs.

Jean-Pierre Saccani

Prologue

Je suis une pute. Et fière de l'être. A en croire la définition du Petit Robert, je suis également proxénète, puisque je « tire des revenus de la prostitution d'autrui ». En revanche, les synonymes proposés par cet éminent dictionnaire m'horripilent. Je ne suis ni mère maquerelle, maquerelle, ni souteneuse ; jamais je ne cautionnerai l'exploitation du corps humain, comme le suggèrent ces termes péjoratifs. L'argot est un arbre vert dont les fleurs, au nom de la nostalgie, dégagent parfois une odeur fétide. Après toutes ces années, ce métier – j'insiste sur ce point – choisi de mon plein gré, me procure toujours beaucoup de plaisir. Mais jamais au grand jamais, je ne forcerai quiconque à l'exercer.

Comment ai-je commencé ? Tout simplement poussée par le besoin d'argent. Séances de photos de nu, tournages de films porno, hôtesse dans un « bar à bouchons », j'ai enchaîné tous les plans foireux avant d'avoir la révélation lors d'un après-midi merveilleux. J'avais quitté ma province – la Charente-Maritime – depuis quelques années, j'étais alors mariée et je vivais à Paris.

Un jour, une amie me proposa de venir chez elle pour une partie à trois : je n'en soupçonnais rien. Je n'étais pas une dingue de sexe et, comme la plupart des filles de l'époque, j'avais eu ma première expérience sexuelle à dix-huit ans. Avec mon amie, nous avions les mêmes points de vue sur les hommes. Celui de notre rendez-vous était charmant avec ses airs de prince arabe qui avait envie de s'éclater avec des femmes ouvertes à la « discussion », pour rester dans l'ellipse… Ce fut un moment absolument délicieux, sexuellement parlant. Quelle ne fut pas ma surprise le lendemain, lorsque je découvris dans mon sac à main une enveloppe contenant plusieurs milliers de francs. Une véritable aubaine, alors que mon mari était un vrai panier percé et que nourrir mes enfants devenait de jour en jour un véritable casse-tête.

Sur le moment, je crus à une erreur car je ne me rappelais pas avoir glissé cette enveloppe dans mon sac… L'aurais-je prise par inadvertance ? Au téléphone, mon amie me rassura. Oui, c'était bien elle qui l'avait déposée là. Le montant de ma prestation, me dit-elle... Ma prestation ! Comme si j'étais une artiste !

C'est une banalité de le dire mais le destin tient finalement à peu de choses. Je peux en témoigner. Cet après-midi m'a encouragée dans la voie de la prostitution et vingt ans plus tard, je dirige le Venusia, le plus grand salon érotique de Genève, seul aussi à fonctionner sept jours sur sept, 24 heures sur 24, avec une équipe d'une cinquantaine de filles très différentes, socialement, intellectuellement et sexuellement. Dans mon pays, la prostitution est absolument légale, parfaitement encadrée aussi. Je paye chaque année mes impôts et je cotise pour ma retraite à laquelle je peux d'ailleurs bientôt prétendre. Je suis toujours mariée, et mes trois enfants connaissent mon activité. Alors oui, je suis une pute et fière de l'être mais je n'admets pas en revanche que l'on me traite de sale pute. Un principe valable pour toutes mes congénères, mes consœurs, mes sœurs. Voilà pourquoi, il est temps maintenant de raconter l'histoire d'une femme qui...

Chapitre 1

J'ai onze ans et je rêve de devenir fermière ou bonne sœur. Un métier et une vocation qui me permettront de rester proche de mes parents, me disais-je alors. Pourquoi fermière ? J'aime la terre, son odeur surtout. Et pourquoi bonne sœur me direz-vous ? Un choix étonnant lorsque l'on sait ce que je suis devenue… A l'époque, nous sommes en 1980, je vais à l'école dans des établissements catholiques dirigés par des curés. Mes amis sont très majoritairement composés de garçons, mis à part trois très bonnes copines avec qui je suis restée liée jusqu'à mon premier mariage. Je suis en quelque sorte la confidente des garçons qui me confient leurs histoires de cœur. Des amourettes terriblement compliquées à mes yeux ; tellement ennuyeuses aussi qu'elles me coupent l'envie d'avoir un petit ami. Alors pourquoi ne pas mener une vie de recluse, loin des contingences de l'amour et de la vie quotidienne ? Une lubie que je mets, avec le recul, sur le compte des naïvetés de l'enfance.

Une enfance heureuse somme toute. Je me sens en sécurité entre mon père et ma mère, un couple à l'ancienne pourrait-on dire, dont l'amour est indéfectible. Paul, mon père, est docker, Charlotte, ma mère, ostréicultrice. Elle vend sa production dans une cabane à Lauzières, au nord de La Rochelle, en Charente-Maritime. Une activité à laquelle mes trois frères et moi participons activement, durant toutes les vacances et les week-ends – sans compter les jours de marché. Je me souviens encore de ces étés entiers passés à cultiver les huîtres, manipulant des collecteurs avant que mes parents les déposent en pleine mer afin que les naissains (les larves d'huîtres) s'agglomèrent dessus. Un métier exigeant, dur, mais finalement agréable car il soude la famille, même si mes frères et moi nous plaignions de n'avoir jamais de vacances, à la différence de la plupart de nos camarades. Avec le recul, j'estime avoir eu beaucoup de chance en grandissant le long des plages de l'Atlantique. J'en garde aussi une nostalgie qui ne me quittera jamais. Sans être une vraie femme d'affaires, et sans faire de vagues, ma mère développe son commerce. Elle finit par acheter une cabane plus grande ; un peu plus loin de la maison certes, mais plus près de ses concessions d'huîtres. Un endroit à mi-chemin entre La Rochelle et Fouras, dont elle est originaire, réputé aussi pour ses récoltes de naissains.

Jamais, Charlotte ne se plaint, même en hiver, la pire des saisons, enchaînant les heures, les mains et les pieds dans l'eau, à l'unisson avec mon père qui double ses journées de travail pour soutenir l'entreprise de sa femme. Un effort auquel nous participons aussi en nous répartissant les tâches ménagères. Mon grand frère fait la cuisine, mes parents n'ont plus qu'à mettre les pieds sous la table en rentrant le soir. Malgré la fatigue, ils nous questionnent, l'air de rien, sur notre journée à l'école. Leur décontraction apparente ne nous leurre pas, nous savons qu'ils se tuent à la tâche pour nous. Alors, peu importe les vacances que nous ne prenons pas. Vivre dans une famille unie et heureuse nous suffit amplement ! En guise de vacances, mes parents m'envoient un été chez deux de leurs amies en Vendée, dans une ferme justement. Deux femmes extraordinaires, une mère et une fille, qui s'entendent à merveille et sont complètement dévouées à leur métier. En revanche, quelle ne fut pas ma surprise lorsque je découvris qu'il fallait se lever entre 5 et 6 heures du matin.

Sitôt après, je dois nourrir les poules avant de traire les vaches. Des animaux certes très plaisants... mais disons que je n'étais pas très habile, même en essayant de faire au mieux ! Puis, extinction des feux entre 20 heures et 21 heures. Une vie pas vraiment glamour, et qui stoppe mes velléités de me lancer dans l'agriculture ! Même si mes patronnes sont d'une grande bienveillance à mon égard et qu'elles paraissent si heureuses...

Le travail de mes parents finit par payer. Leurs huîtres sont très prisées en hiver : Noël arrivant, ils partent donc pour Chartres vendre leur production sur les marchés. Une sorte de consécration, une récompense aussi pour eux qui travaillent si dur. Je me retrouve alors seule avec mes frères, une tante passe les fins de semaine avec nous et le reste du temps une voisine veille en cas de problèmes.

J'ai à peine douze ans et j'allume ma première cigarette avec mon amie Nathalie. Mon père fume alors comme un pompier, et je n'ai aucun scrupule à conserver le paquet dans mon sac... Malheureusement, ma mère tombe dessus le lendemain, un jeudi, jour d'examen obligatoire de mon carnet de notes. Elle le signale à mon père qui, furieux, me donne une bonne fessée en m'envoyant au lit sans dîner. Le lendemain, je lui jette le paquet à la figure en lui disant de s'étouffer avec... Je quitte la maison en courant, afin d'éviter une bonne baffe. Depuis, je n'ai plus jamais fumé de cigarettes ; j'adore en revanche le cigare, sans qu'il me vienne pour autant à l'esprit de singer les hommes d'affaires de Genève que je côtoie désormais. Une réussite qui ne me fait pas oublier la piqûre de l'eau froide au petit matin dans les parcs ostréicoles de Châtelaillon.

Chapitre 2

1986. J'ai dix-sept ans. Pas question que je finisse ma vie les pieds et les mains dans l'eau, surtout en hiver ! N'étant pas franchement douée pour les études, je passe un CAP et un BEP de couture en pensant que, à défaut de trouver du travail à l'issue de ma formation, je m'inscrirai au chômage. Une ambition qui ne colle absolument pas avec la mentalité de mon père. Il n'aurait pas compris que je ne continue pas à travailler aux côtés de maman.

En cela, il reproduit tout simplement le modèle familial de son propre père, issu d'une famille de Tsiganes montreurs d'ours. Mon grand-père paternel est le premier à se sédentariser en s'installant dans la région de La Rochelle. Las de parcourir l'Europe, il exige de ses enfants qu'ils s'intègrent au mieux à la société française. Il épouse donc une Bretonne et achète une petite maison pour élever ses enfants, laquelle maison se trouve toujours dans le giron familial. Je me souviens aussi que mon père nous racontait souvent que chez eux, les enfants dînaient en premier, ma grand-mère prétendant qu'ils étaient déjà passés à table. En réalité, elle voulait s'assurer que ses enfants mangeaient à leur faim. Mes grands-parents se contentaient des restes… Jamais mon père ne s'est plaint de son enfance, il n'a manqué de rien, surtout pas d'amour.

Finalement, je réussis mes examens haut la main. Et je trouve dans la foulée du travail dans un atelier de confection pour enfants. Paul, mon père, me conseille même de dépenser sans compter mon premier salaire… S'il le dit, pourquoi pas ? J'achète une glace, une paire de chaussures mais ma fringale d'achats s'arrête là. Je place prudemment le reste sur un compte d'épargne… je connais trop la valeur du travail pour jeter l'argent par les fenêtres. Je ne l'ai jamais fait, même avec les pièces de cinq francs que me donnaient mes parents en récompense de mon travail derrière leur stand d'huîtres.

Après l'atelier pour enfants, j'enchaîne dans une fabrique de voilages dirigée par un couple de Français, un travail qui me permet de toucher à plein de choses et de développer un goût pour la décoration qui, alors que je ne le sais pas encore, me sera fort utile par la suite.

A l'époque, j'ai beaucoup d'amis, mais pas encore de vie amoureuse. Je sors peu, étant encore très timide. Je finis tout de même par connaître ma première expérience sexuelle à dix-huit ans, à l'heure de la pause-déjeuner, avec un homme de vingt-cinq ans. Il ne me croit pas lorsque je lui annonce que c'est la première fois que je couche avec un garçon. Franchement, je n'en ai pas une folle envie, cet homme que je connais à peine est quasiment un étranger mais je suis bêtement l'avis de mes copines. Elles n'arrêtent pas de me répéter que le pucelage n'est qu'un poids inutile dont il faut se débarrasser le plus vite possible…

Et puis arrive la vraie première fois. C'est en 1987. L'élu de mon cœur s'appelle Jean-Pierre, un bel homme plutôt menu avec des yeux bleus très clairs, intelligent de surcroît et plein d'envies pour l'avenir. Un père parfait, me dis-je, alors qu'un désir d'enfant nait en moi. Lorsque je le présente à mes parents, je lui demande toutefois d'enlever sa boucle d'oreille, par peur qu'il ne les choque... Je ne suis pas non plus persuadée de l'aimer avec un grand A. Nous n'avons presque aucun point commun : je suis casanière, j'écoute de la musique classique et de la variété française, je ne bois jamais une goutte d'alcool ; lui aime le bruit, la foule, la bière, les bandes de copains qui refont le monde jusqu'au petit matin.

Je n'ai pas non plus beaucoup d'atomes crochus avec sa mère, issue d'une grande famille de l'Allier complètement ruinée. C'est une caricature de la bourgeoise prétentieuse. Tout le contraire de son mari que j'avais rencontré dans le scoutisme où j'étais chef intendante. D'une bonté immense, qui faisait à la fois sa force et sa faiblesse, le père de Jean-Pierre redoublait d'efforts pour compenser la froideur maternelle.

En réalité, Jean-Pierre m'attire car j'espère en secret qu'il finira par ressembler à son père ; hélas, ce dernier – un homme formidable – meurt trop vite, un an avant que nous ne décidions de nous fiancer, Jean-Pierre et moi. Je ressens de plus en plus le besoin d'avoir un enfant.

Pour cela, le passage par la case mariage est obligatoire. Sinon, ma mère n'acceptera jamais ma grossesse. Issue d'une famille de treize enfants, tous ses frères et sœurs se sont mariés, contraints et forcés, alors qu'ils attendaient déjà un enfant. Un modèle qui l'a beaucoup meurtrie et qui la ferait encore davantage souffrir s'il se reproduisait chez ses propres enfants. Combien de fois l'ai-je entendue se plaindre que son père décédé n'ait pu assister au baptême de mon grand-frère, le seul enfant de sa descendance né dans les règles, soit onze mois après le mariage…

Arrive le grand jour. Le 7 septembre 1990. Je suis rayonnante dans ma belle robe blanche, même si un doute m'étreint devant l'autel. Je ne sais pas pourquoi, j'ai l'impression de commettre une grosse bêtise. Au fond, je n'aime toujours pas l'homme qui va être mon mari dans quelques minutes. Mais mes parents ont l'air si heureux, je jette un dernier coup d'œil sur mon père et je réponds « oui » à la question rituelle du prêtre, en espérant vivre le meilleur…

Notre premier fils, Kevin, naît à peine un an plus tard. Si mon rêve de maternité est exaucé, je m'aperçois en même temps que la vie avec mon mari ne correspond pas totalement à mes attentes. J'ai envie de reproduire le modèle parental, une vie casanière, toute dévouée aux enfants. Je pense y parvenir les premiers mois, d'autant que nous ne vivons pas très loin de chez mes parents à qui nous rendons fréquemment visite. J'aime ce cocon familial qui me sécurise, qui me rappelle aussi les jours heureux de mon enfance...

Les journées s'écoulent tranquillement, j'allaite mon fils et je m'occupe de mon mari, notamment en finançant ses études en bâtiment et travaux publics à l'aide de mes économies. Qu'il n'ait d'autres préoccupations que sa réussite et notre futur bien-être reste ma priorité absolue.

Quelques mois plus tard, Jean-Pierre obtient son diplôme. Dans la région, les perspectives d'emplois intéressants sont assez restreintes, aussi prenons-nous la décision de déménager en région parisienne, là où les chantiers sont plus nombreux. Ce n'est pas de gaieté de cœur que j'y vais : quitter mes parents, mes frères est un vrai déchirement.

Jean-Pierre trouve rapidement du travail. Je découvre alors, avec stupeur, un mari flambeur, qui dépense l'argent de manière complètement futile. Nous partions pour acheter une télévision à 500 francs et nous ressortions du magasin avec un appareil qui en valait le triple. Il fallait une armoire à pharmacie ? Les livreurs revenaient avec des meubles de salon. Rien n'était trop beau pour lui qui avait toujours été obligé de quémander de l'argent auprès de sa mère. Depuis qu'il m'avait épousée, il rattrapait en quelque sorte le temps perdu. Tant et si bien que notre situation financière devient rapidement critique. Mon épargne, patiemment construite sou après sou, passe à la trappe. Une mauvaise nouvelle alors que j'attends un deuxième enfant, un autre garçon.

A la naissance de Pierre, en 1993, Jean-Pierre change, devenant de plus en plus agressif. Je dois continuellement m'interposer entre les enfants et lui. Notamment, lorsque Kevin barre la route de son père qui veut corriger son petit frère parce qu'il crie. C'est Kevin qui hérite alors de la fessée.

Notre situation financière va de mal en pis, le salaire de mon mari est saisi par la banque. J'emprunte de l'argent à mon petit frère, une grande humiliation pour moi. Alors que je souhaite procéder à son remboursement, voyant ma détresse, il me fait comprendre que c'est un don… Je reprends mon activité de couturière, je trouve un poste en chef dans un atelier sous-traitant dirigé par des Turcs qui fournit entre autres Naf Naf. Mais j'ai toujours l'impression de remplir un puits sans fond. Je vis perpétuellement la peur au ventre, celle de ne pouvoir nourrir mes enfants. Une impression terrible pour une mère qui n'a jamais manqué de rien. Heureusement, pour les vacances, mes enfants partent chez leurs grands-parents. Je n'aime pas m'en séparer mais je suis soulagée de savoir qu'ils mangeront à leur faim. C'est justement à cette période que je parcours les petites annonces de *Paris Boum Boum* ou sur Minitel. C'est sur le site 3615 Habana que je découvre qu'un photographe cherche des modèles pour des photos de charme : un « nu académique », selon son expression burlesque.

Chapitre 3

Finalement, dans un couple, l'un est toujours plus amoureux que l'autre. Un peu comme dans une pile où le + et le – s'entendent à merveille avant que l'un des pôles ne faiblisse. Jean-Pierre était toujours très amoureux, moi pas. Je me suis sans doute mariée trop vite mais j'estime bénéficier de circonstances atténuantes. Trois ans plus tard, pour nourrir mes enfants, je me déshabille devant un objectif pour ces fameuses séances de « nu académique ». En réalité, d'interminables poses ponctuées par la même formule : « Cambre-toi, ouvre davantage ta chatte. » Pendant ce temps-là, le photographe n'a toujours pas changé de pellicule alors qu'il a bien dû appuyer cent cinquante fois sur le déclencheur ! J'ai la sale impression de n'être qu'un objet destiné à satisfaire les fantasmes d'un pervers déguisé en artiste.

Aussi vrai que c'est en forgeant qu'on devient forgeron, cette expérience m'ouvre néanmoins de nouvelles perspectives. Je réponds ainsi à une petite annonce pour une place d'hôtesse dans un club dit échangiste de Vincennes. Peu de vrais couples le fréquentent en réalité. C'est un endroit assez petit, sombre, avec un comptoir et des tabourets sur lesquels sont juchées les filles. Des hommes seuls y viennent, le plus souvent en milieu d'après-midi et jusqu'à l'aube pour y boire un verre en galante compagnie. Des filles de tous horizons dont l'âge varie de vingt-cinq à quarante ans les y attendent. Aucune ne se distingue par sa beauté, elles sont vraiment quelconques, c'est sans doute la raison pour laquelle je m'y sens tout de suite très bien. Sans complexe même : une expression qui, vu la concurrence, prend tout son sens ici.

Je devais y être en milieu d'après-midi et ce jusqu'à la fermeture entre 3 et 5 heures du matin. Les clients ne se pressaient jamais en masse. Une certaine solidarité régnait entre filles si bien qu'en règle générale, si la recette était peu conséquente, chaque fille était disposée à partager avec ses consœurs la commission à la consommation qu'elle avait perçue. Je reste nostalgique de cette période, courte mais intense. Mon moral s'était requinqué : même après deux grossesses, je demeurais désirable. Etant de nature très réservée et timide, la prise de contact n'était jamais évidente. J'ai dû prendre sur moi pour faire disparaître mon côté timoré. Je commence par rencontrer des clients plutôt intéressants intellectuellement alors que je m'attendais à des hommes ivres de frustrations accumulées à la maison ou au bureau. J'y ai ainsi rencontré un cadre moyen, conducteur de travaux publics. Sa compagnie me procurait un grand plaisir, sexe mis à part, vu la faiblesse de ses performances. S'il se plaignait continuellement de la frigidité chronique de son épouse, ses propres lacunes ne m'ennuyaient pas tant j'admirais son intellect captivant.

Toutes les nuits, le champagne coule à flot sur les tables mais personne ne semble remarquer la forme éblouissante des plantes vertes. Ce sont elles en effet qui épongent la plupart des coupes offertes par les clients, même si certaines filles boivent beaucoup pour tenir le coup. Pour supporter aussi les mensonges qu'elles doivent dire. Arrive bien sûr le moment où parler, écouter, ne suffit plus. L'heure est alors venue de passer à l'acte. Rien de plus normal, notre revenu est basé sur nos prestations sexuelles. Comme l'hygiène n'est pas la qualité première de ce club, je ne pratique que des fellations, c'est plus facile ensuite de se rincer la bouche que le reste dans l'unique petit lavabo. Ce club est un endroit assez glauque en réalité, surtout lorsque – et cette anecdote est authentique – une épouse vient chercher son mari sur le coup des 3 heures du matin en le traitant de salaud, le visage inondé de larmes. J'apprends du coup que ce client qui vient souvent dépense tout l'argent du ménage ici, alors que le réfrigérateur est vide et que ses enfants crient famine. Sa femme hurle d'ailleurs qu'ils se sont couchés le ventre creux, le soir même.

Mère avant d'être pute, je ne peux rester insensible devant la détresse de cette femme. En revanche, tout cela ne fait ni chaud, ni froid à la majorité des autres filles qui continuent à vider leurs coupes, comme si tout allait pour le mieux sous les lumières tamisées. C'est dans ce club décati que je rencontre une fille qui tourne des films X. Je lui confie mes déboires financiers et comme par hasard elle me présente un producteur qui a besoin d'une actrice dès le lendemain. J'accepte immédiatement.

Mon premier tournage se déroule dans l'appartement d'un certain François. Un fan d'Asie vu la décoration, un décor qui m'excite et qui me désinhibe, je m'abandonne devant la caméra. Un vrai mystère. Alors que je suis complexée par un physique que j'estime moyen… je me trouve trop petite et affublée de genoux trop gros par rapport à mes jambes.

Dès mon deuxième tournage, je rencontre Faty, une fille à côté de laquelle je serais passée dans d'autres circonstances. Et pourtant, hasard de la vie, cette belle Maghrébine, célibataire, insouciante, grande et fine devient vite ma meilleure amie. Je découvre une personne intelligente, polyglotte et qui aime… l'argent. Entre deux prises, nous parlons beaucoup, j'adore l'écouter raconter sa vie privée, ses régimes permanents, ses amants qu'elle collectionne avec gourmandise, comme d'autres changent de chemise, a-t-elle coutume de dire...

Sur un plateau, Faty montre une sexualité volcanique, n'hésitant jamais à jouer avec le feu, quitte à décontenancer ses partenaires qui ont plutôt l'habitude de diriger les ébats. Nous nous arrangeons désormais pour nous retrouver le plus souvent possible sur les mêmes castings. Faty m'a prise sous son aile, je suis comme sa petite sœur. Une fois les scènes mises en boîte, alors que les acteurs se rhabillent, ou qu'ils sont sous la douche, je remarque un autre point commun entre Faty et moi. Cette jolie créature est aussi une vraie maniaque de la propreté. Elle, par contre, ne fait pas que se laver, mais elle se frotte, se récure jusqu'au sang ! Notre relation ne se limite pas au travail. Nous sortons souvent ensemble. Ma vie de famille la fascine, Faty n'arrête pas de me questionner sur mes enfants, pas dans l'optique d'en avoir à son tour, car me confie-t-elle, il est encore bien trop tôt. Je constate aussi les goûts de luxe flagrants de cette fille. Je pensais que le porno lui suffisait pour vivre. « Non, me répond-elle, je travaille trois fois par semaine dans un club de strip-tease et je fais aussi de l'escort, sinon, je ne sais pas comment je pourrais m'offrir mes luxes à moi. »

A l'époque, en France, les prostituées ont encore le droit de cité dans les rues mais l'escort représente un peu l'aristocratie de la pute grâce à la clientèle d'hommes d'affaires, aux envies et aux fantasmes généreusement tarifés, qu'elle offre. L'opposé des adeptes de la rue Saint-Denis, en quête pour la majorité, d'une petite fantaisie vite consommée avant de rentrer sagement chez eux.

L'expérience du X brise également quelques tabous auxquels mon éducation ne m'a pas préparée, la sodomie et les relations sexuelles avec plusieurs partenaires par exemple. Et puis, la curiosité aidant, le besoin insatiable de fournir une prestation à la hauteur de mon cachet et le plaisir sexuel ont raison de toutes mes résistances. Je gagne en trois films le salaire de Jean-Pierre qui s'échine sur des chantiers sans réussir à nous sortir de la nasse financière dans laquelle nous sommes plongés. Sans les dettes qu'il a contractées, jamais je n'aurais eu l'idée de basculer dans le monde de la prostitution. C'est la triste vérité.

Au bout de six mois, le monde du X finit pourtant par me lasser avec ces séances de sexe qui se suivent mécaniquement : la pipe, la levrette, la sodomie, l'éjaculation faciale. Prévoyante, je crains aussi que les films dans lesquels je « joue » ne réapparaissent un jour, en cas de changement de vie. Une hypothèse peu probable tant que je posais devant un appareil photo sans pellicule ! Il a tout de même fallu que j'enchaîne une bonne quarantaine de scènes avant de constater que je devais refermer cette parenthèse. Une expérience pas totalement négative qui m'a permis de compenser les excès de mon mari, d'acheter des couches pour mon nourrisson et de satisfaire l'appétit d'ogre de mon aîné... Mais tant qu'à faire l'amour pour gagner de l'argent, autant voir les choses plus sérieusement. Je dis ça aujourd'hui, mais nous sommes alors en 1993, et franchement, je n'ai pas encore de plan bien précis en tête. Finalement, je décide de ne pas arrêter le porno tout de suite.

Si je ne travaille plus beaucoup avec Faty qui continue d'enchaîner les tournages à un rythme infernal, nous restons toujours très liées. Je me souviens encore de son appel comme si c'était hier. « Viens donc chez moi demain après-midi, je reçois un ami qui devrait te plaire », me dit-elle, sans parler d'argent. Je pense juste lui rendre service en leur tenant compagnie autour d'un verre. Sans penser à un plan à trois. Faty me précise que l'homme est charmant. « Tu apprécieras », insiste-t-elle. Etant plus que jamais dans un désert sentimental (j'arrête là de parler de mes problèmes financiers) et connaissant son appétit pour le sexe, je signe des deux mains. Même si finalement, je ne sais pas ce qui m'attend.

Rétrospectivement, j'avoue que Faty ne m'a pas menti : l'homme, un Arabe délicat, aux manières de prince m'accueille en parlant anglais, se montre très vite fort soucieux de notre plaisir, nous ne nous privons pas de le lui rendre. Un après-midi de volupté que seuls les jeux de l'amour peuvent procurer. Je jouis. J'ai déjà raconté l'épisode de l'enveloppe bien garnie délicatement déposée dans mon sac à main. Trois heures qui me rapportent l'équivalent d'un mois de salaire de mon mari ! Une divine surprise et une vraie leçon : il est possible de gagner gros en prenant son pied, à condition d'aimer autant le sexe que l'argent. Un métier auquel ne prépare aucun diplôme.

Quelques rendez-vous similaires suivront. Je ne retrouve pas la magie de la première fois, une épreuve initiatique qui marque les vrais débuts de ma vie de prostituée. Pour développer mon business, je passe une petite annonce dans *Paris Boum Boum*, le nec plus ultra en ces temps où Internet n'existe pas. Je ne suis pas une pro de l'organisation ; entre ma vie familiale, deux garçons que je place au-dessus de tout et un mari qui feint de ne rien savoir de mes activités mais qui est bien content de voir l'argent rentrer, j'arrive toutefois à fidéliser quelques clients qui me jugent « pas farouche ».

Pour parfaire ma formation et peut-être fuir le domicile conjugal, je travaille également dans un bar à putes, La Strada, situé juste en face du défunt Théâtre des Deux Boules. Un très grand bar fréquenté en permanence par cinquante filles où la plupart des clients débarquent, rameutés par des chauffeurs de taxis qui empochent ensuite une commission calculée sur le montant des consommations. Ces rabatteurs gagnent davantage que la fille chargée de faire consommer ces pauvres pigeons ! Je ne garde pas beaucoup de souvenirs de cet endroit, je me souviens seulement d'un Canadien qui a voulu que trois ou quatre filles viennent s'asseoir autour de lui, dont moi. Il m'a beaucoup parlé, tout simplement parce que j'étais la seule à l'écouter. Pendant ce temps-là, mes consœurs commandaient bouteille sur bouteille. Lorsqu'elles ont compris que cet homme n'en paierait pas une autre, faute d'argent, elles ont quitté la table.

Je suis restée avec lui, le temps qu'il termine son verre et j'ai compris que cet idiot avait dilapidé l'équivalent de son salaire mensuel en quelques heures. J'eus quelques remords et je démissionnai le lendemain. Une décision d'autant plus facile à prendre qu'après une nuit de travail, il m'était arrivé d'avaler un verre de vin, en rentrant à 7 heures du matin, juste avant de réveiller Kevin et Pierre, alors que je n'avais aucune appétence pour l'alcool.

Ajoutons aussi qu'en rentrant un jour au petit matin, ma place dans le lit conjugal était encore toute chaude et imprégnée de l'odeur de notre baby-sitter. La preuve qu'une pute, comme n'importe quelle femme, peut être cocue. En me glissant entre les draps, j'ai fait comme si je ne remarquais rien mais je me réjouissais alors ne pas être amoureuse de cet homme. Je préférais aussi qu'il me trompe avec la nounou plutôt qu'avec une autre pute, en lui donnant mon argent en plus. « Et puis, me dis-je, il ne sera pas seul quand je me déciderai à partir pour de bon. »

Chapitre 4

Quelles sont les dates qui marquent vraiment une vie ? Naissances, mariages, deuils... évidemment, mais je me souviendrai toute ma vie du 7 septembre 1995. Mon premier-rendez-vous avec Daniel. C'est à Paris, je suis toujours mariée, lui aussi mais je l'ignore à l'époque. Et peu m'importe, c'est une question que je ne pose jamais à mes clients, la confidentialité étant la règle d'or de la pute ! Moins l'on en sait, mieux l'on se porte ! Mon activité de prostituée marche d'ailleurs plutôt bien. Daniel m'a dénichée sur Minitel, une machine passée aux oubliettes mais qui représente déjà un gros progrès, comparée aux petites annonces de *Paris Boum Boum* (qui m'avaient permis de bien vivre pendant près d'une année, dois-je reconnaître). Daniel cherchait donc une fille pour le week-end. Mais je n'étais pas libre, car à cette période je privilégiais ma vie de famille. Je l'avais donc renvoyé vers mon amie Faty qui s'acquitta très bien de sa mission, ne trouvant rien de mieux à faire que de lui parler de moi pendant 48 heures ! Résultat : en la quittant, Daniel lui avait promis qu'il me recontacterait. Le genre de promesses très courantes dans notre métier, mais rarement tenues... Entre-temps, Faty m'a naturellement briefée sur le client. Si bien que lorsque Daniel me rappela pour fixer un nouveau rendez-vous, avec moi cette fois-ci, j'inscrivis sur mon agenda, en lettres capitales, le nom d'une pratique que de nombreuses filles refusent de faire, même moyennant un supplément.

Revenons sur le 7 septembre. Le rendez-vous est fixé au Grand Hôtel dans le quartier de l'Opéra à Paris. Un endroit que je connais de réputation, surtout grâce au célèbre Café de la paix. Ce palace, avec son cadre vétuste mais romantique, m'impressionne un peu. Plus que mon client du week-end qui ne me fait ni chaud, ni froid ; son physique ne m'aurait vraiment pas fait me retourner dans la rue. Tels sont les aléas du métier... les clients ne sont pas tous des play-boys !

Je dépose mes bagages dans la chambre. Nous ne passons pas tout de suite à l'acte, contrairement à d'autres clients qui veulent me faire savoir immédiatement pourquoi je suis là. Afin de faire plus ample connaissance, Daniel m'emmène dans un restaurant japonais, près de la place de la Concorde. Trente minutes de marche, un vrai calvaire, sur des talons de 13 centimètres ! Les délicieux sushi et yakitori me revigorent. La conversation de Daniel est plaisante. Je n'apprends pas grand-chose sur lui mais tel n'est pas l'ordre du jour. Retour, toujours à pied, toujours sur mes talons de 13 centimètres. Histoire de « mieux digérer », souligne Daniel… Le client est roi : tel est le credo que m'ont inculqué mes commerçants de parents. Arrive enfin le moment fatidique ; une douche et je suis prête, j'enfile de la lingerie plus que suggestive et des bas. Mon client apprécie, la nuit est mouvementée, comme j'aime. Je laisse libre cours aux envies de mon partenaire, tout en le contrôlant. Je joue avec lui, pour son plaisir et le mien. Une fois de plus, Faty ne m'a pas menti…

Le lendemain, tels deux amants, nous profitons de Paris : visites de monuments, shopping dans les grands magasins voisins de l'hôtel où j'en profite pour acheter des vêtements pour mes enfants. Arrive la soirée, Daniel me propose une virée au Cleopâtre, avenue d'Italie, une immense boîte échangiste, l'une des plus célèbres de l'époque. Nous sommes samedi soir, les pièces à l'éclairage savamment tamisé sont bondées de corps nus enchevêtrés d'où s'échappent ici et là des râles de plaisir qui nous invitent à rentrer dans la mêlée. Je sens des mains inconnues qui me caressent, des doigts qui me pénètrent. Tout cela m'excite beaucoup.

Je passe le week-end sur un nuage ; mais sans me leurrer, tous les rendez-vous de longue durée me faisant le même effet. Sauf qu'avec mon métier, le moment où il faut se quitter n'est qu'une formalité de plus. Souvent aussi un instant furtif et toujours empreint d'une certaine froideur. Ni la pute ni le client ne sont là pour entamer une danse nuptiale ! Mais, en nous quittant sur le trottoir du palace, alors que je guette les taxis qui passent sur le boulevard, Daniel me paraît vraiment sincère lorsqu'il me dit avoir une grande envie de me recontacter. « Vite », précise-t-il. Je repars l'esprit léger. Moins d'une heure après, je retrouve mes garçons et mon mari qui ne pose aucune question.

Et c'est tant mieux. Comment lui faire comprendre que je prends de plus en plus mon pied à faire la pute ? Et plus seulement pour l'argent.

En fait, Daniel me rappelle très vite, beaucoup plus que je ne l'espérais secrètement, soit trois semaines après ce premier rendez-vous. Changement de décor, nous nous retrouvons pour un autre week-end, cette fois au Novotel des Halles. Daniel a indéniablement du charme et s'avère toujours très plaisant. Nous parlons de tout et de rien. Je découvre aussi un aspect de mon métier qui prendra de plus en plus d'importance : celui d'écouter, de parler avec des inconnus.

Me voici de nouveau sur le nuage où notre première rencontre m'avait transportée. Le dimanche même, Daniel évoque la possibilité d'une relation suivie. Mon cœur voit ses maigres horizons sentimentaux s'élargir d'une manière inattendue.

A l'issue de ce deuxième rendez-vous, je commence à me dire sérieusement que j'ai trouvé l'âme sœur. Pourtant, rares sont les putes qui épousent un client. Si les filles qui travaillent aujourd'hui avec moi sont souvent mariées, elles n'ont généralement pas rencontré leurs maris dans les alcôves du

Venusia. Elles craignent trop la récidive ! Après tout, pourquoi un homme qui vient au bordel arrêterait-il de le faire une fois la bague au doigt, même à celui d'une pute ? Le croire serait naïf ! N'en déduisez pas non plus qu'elles sont mariées à un maquereau, auquel cas, elles ne feraient pas long feu chez moi. Un autre sujet dont nous reparlerons plus en détail…

Si à l'époque ma vie de couple avec Jean-Pierre dure toujours, j'entame une liaison téléphonique avec Daniel, pas un jour sans que nous nous appelions. J'apprends qu'il est marié, qu'il a deux enfants. Et alors ? Moi aussi. Très vite, nous décidons de nous voir plus souvent. Mais il vit en Suisse, moi en France. Il travaille dans l'immobilier avec son père, un rescapé des camps de la mort qui à l'époque vivait en Allemagne. Daniel a fait de brillantes études, notamment un MBA dans une prestigieuse Business School à Lausanne. Pour mieux nous retrouver, nous coupons la poire en deux en nous fixant rendez-vous en Bourgogne, dans des hôtels de Beaune. Des rencontres très sexuelles à l'issue desquelles Daniel me paye. L'argent me dédouane : je n'ai pas l'impression de tromper mon mari… Et pourtant, l'envie de le faire ne me manque pas. Je garde toujours l'histoire de la nounou en travers de la gorge.

A cette époque, mon activité d'escort cartonne vraiment. Je n'arrête pas de me déplacer. Je décroche un rendez-vous à Montpellier avec l'un de mes habitués alors que nous avions prévu de nous retrouver avec Daniel. Je lui téléphone pour le prévenir qu'il va devoir rester seul pour l'après-midi et la nuit. J'en profite pour programmer un crochet par Marseille pour rendre visite à deux producteurs de porno qui recherchent une quinzaine de filles entre vingt et vingt-cinq ans. Je m'y rends très confiante ; ce milieu m'est désormais familier et j'avais pris du plaisir à tourner mes dernières scènes. Je pensais aussi qu'ils avaient prévu de regrouper plusieurs tournages sur cinq jours.

Contre toute attente, l'entretien s'achève très rapidement. « Nous reprendrons contact avec vous », me disent très sèchement les producteurs. Je viens de sacrifier presque une journée entière avec Daniel pour 25 minutes d'entretien ! Le moral au plus bas, je lui téléphone ; il s'aperçoit tout de suite que quelque chose ne tourne pas rond. Après une heure de conversation, il m'annonce qu'il doit raccrocher et qu'il ne sera plus joignable. Je me retrouve seule dans ma chambre avec un livre, la nuit s'annonce longue.

Une ou deux heures plus tard, Daniel rappelle en me demandant de lui rendre un service en allant récupérer un paquet pour lui à l'aéroport de Marignane. Il est près de 21 heures, lorsque j'arrive à l'aéroport et que la sonnerie de mon téléphone sonne de nouveau. « J'ai bien atterri », me dit-il. Il est venu spécialement afin que je ne dîne ni ne dorme seule ! Hélas, arrivés en ville, tous les restaurants sont fermés aux alentours de mon hôtel, sauf un McDo, le meilleur que nous ayons jamais mangé…

Daniel ! En y repensant aujourd'hui je me dis que rien ne devait rapprocher la petite fille de La Rochelle que je suis de cette tête bien faite à la mémoire phénoménale. Nous sommes complémentaires et son savoir m'a été très précieux. Pour Daniel, business is business. Il a senti en moi cette volonté d'imprimer ma marque dans ce métier honni par les honnêtes gens. En m'initiant aux arcanes du marketing et de la publicité, deux secteurs dont je ne soupçonnais même pas l'existence, Daniel va booster mes affaires.

Surtout avec l'arrivée d'Internet. Je le laisse faire : l'opérateur c'est lui, moi, je vais au charbon. Côté sexe, je n'ai plus aucun tabou, quoique demeurant animée de principes infléchissables : manque de respect, violence n'ont pas droit de cité chez moi. Grâce à Daniel, l'homme de ma vie, je « révolutionne », en Europe, la profession d'escort en ouvrant un site en octobre 1997, www.jouir.com. Tout un programme. Bye-bye 3615 Habana…

Ce site, entièrement consacré à mon activité d'escort, me permet d'élargir considérablement ma clientèle mais je reste toujours branchée, en parallèle, sur le Minitel 3615-RESO, une fenêtre indispensable à l'époque pour les prostituées qui veulent se faire connaître sans descendre dans la rue. Un système qui fonctionne alors en toute illégalité, au vu et au su de tout le monde. Et avec la bienveillance des autorités.

Chapitre 5

Très vite, je comprends aussi que, si je veux accroître mon chiffre d'affaires, je dois bouger. Une décision d'autant plus facile à prendre que je ne supporte plus mon mari… En 1996, je prends un F2 à Annemasse où je passe quatre jours par semaine. Je gagne alors 20 000 francs par mois. Que je ne dépense ni en produits de beauté ni en vêtements, et encore moins en sacs griffés. Tout mon bénéfice passe dans l'entretien du foyer où vivent mes enfants. A cette époque, j'ai passé un deal avec Jean-Pierre. Je m'absente la semaine et je rentre trois jours pour retrouver mes enfants dans notre appartement de Vigneux-sur-Seine, en banlieue parisienne. Un moment que j'attends toujours avec beaucoup d'impatience. En toute honnêteté, si Kevin et Pierre n'étaient pas là, j'aurais quitté mon mari depuis longtemps.

Malheureusement pour moi, il n'envisage absolument pas de laisser filer ses fils. Vu mon mode de vie, je ne suis pas non plus en mesure d'aller plaider ma cause devant un juge ! Je profite donc du départ de Jean-Pierre sur un chantier éloigné pour littéralement « exfiltrer » Kevin et Pierre chez mes parents. Une période traumatisante pour eux, je le conçois ; à ma décharge, je retiens que Kevin n'a jamais voulu porter ensuite le nom de son père...

Mes enfants à l'abri, je me replonge dans mon activité. Heureusement, j'ai la chance de pouvoir me reposer sur l'épaule de Daniel dont les conseils s'avèrent de plus en plus précieux. Plus en tout cas que ceux prodigués par l'un de mes clients ; quelle riche idée a-t-il en me proposant un travail de caissière pour me sortir de la prostitution ! J'éprouve une sincère admiration pour les femmes qui supportent la pénibilité de ce métier, mais je ne me sentais alors vraiment pas capable de rester assise sur un tabouret, quarante heures par semaine derrière une caisse enregistreuse, pour un salaire égal au SMIC.

De nature entière, ma double vie commence vraiment à me peser. Je suis de plus en plus heureuse avec Daniel et naturellement de moins en moins avec Jean-Pierre, j'en ai plus qu'assez de travailler dur pour couvrir ses dépenses. J'ai aussi beaucoup souffert de ses reproches : sachant comment je gagnais notre argent, comment pouvait-il rechigner sur le besoin d'un lave-linge ou l'achat de couches, alors même que son fils avait été propre dès l'âge de onze mois ? Pendant ce temps-là, lui continuait à le jeter par les fenêtres en ne pensant qu'à la moto de ses rêves. Un week-end, alors que mes enfants sont toujours en sécurité chez mes parents, je vais voir Jean-Pierre pour lui annoncer mon départ définitif. La discussion démarre cordialement, je suis même plutôt heureuse de le voir et lui aussi visiblement. Sur ce, la nounou, Ingrid, qui vit toujours à la maison même si les enfants ne sont plus là, arrive et m'annonce que je n'ai plus ma place ici, sous mon propre toit, pour lequel je paye toujours un loyer, au même titre d'ailleurs que son salaire !

Les enfants ne sont pas là pour assister à la scène, j'en frémis encore. Je m'énerve à mon tour et lui demande de me laisser seule avec

Jean-Pierre de qui elle aurait tout le temps de s'occuper après mon départ. Bref, elle décampe et nous reprenons notre discussion. Tout à coup, le ton monte et Jean-Pierre commence à me frapper durement, tellement que j'ai juste la force de me traîner et de me jeter dans le lit de mon fils. J'y reste 24 heures, à demi-consciente sans que mon mari ne s'inquiète de mon sort. Quand je me lève enfin, j'appelle mon frère cadet qui à cette époque vit aussi en banlieue parisienne. Il vient immédiatement me chercher. En quittant l'appartement, je ne savais pas que c'était la dernière fois que je voyais mon mari…

La nouvelle annoncée à mes parents, mon grand frère m'appelle pour me proposer de venir vivre dans une dépendance de sa maison ou de retourner chez nos parents où m'attend toujours ma chambre d'enfant. Les miens pourraient occuper la chambre de mes frères, précise-t-il. Je refuse, je suis devenue trop indépendante et mon orgueil en aurait pris un coup. Je sens bien qu'il ne comprend pas ma décision. La première étape d'un lent processus d'éloignement. En récupérant mes enfants chez mes parents et en nous installant dans un appartement plus grand à Annemasse trouvé par Daniel, j'ai bien l'intention de prendre un nouveau départ en cet été 1996.

Et pour commencer comme il se devait, je décidai d'avouer à mon fils aîné la nature exacte de mes activités. Une décision très lourde à prendre, j'ai retourné cent fois dans ma tête les formules que j'allais employer. Je suis même allée voir Aspasie, une association d'aide aux prostituées pour leur expliquer mon cas. Ils m'ont aidée sans vouloir toutefois me donner les coordonnées d'autres prostituées qui avaient vécu la même situation. Mon petit garçon n'a que cinq ans, et même si je reconnais pertinemment sa capacité à le cerner, je ne tiens pas à utiliser un langage d'adulte pour ce genre de conversation. Alors, je lui ai juste dit ceci : « Tu sais fils, plein d'hommes sont trop malheureux d'être seuls, mon métier est donc de leur faire oublier leurs problèmes, leurs soucis. Ils viennent me voir pour oublier et pour cela je leurs propose des câlins. Pour les consoler. » Son regard était réceptif. Il avait compris, et je me libérais en même temps d'un poids qui devenait vraiment trop lourd à porter. Il me demande alors deux choses : la première, simplement, si « c'est moi qui décidais » ou si c'est Daniel qui me demandait d'agir ainsi… Je lui réponds dare-dare : « comme si quelqu'un avait l'habitude de me faire faire des choses que je ne choisis pas moi-même ? » La seconde est une condition posée. Et là pour moi, les choses se gâtent… Il me demande d'éteindre mon téléphone, tous les jours où je ne voudrais pas travailler. Je suis tellement étonnée par sa demande que je le lui promets immédiatement. Promesse que je tiens toujours, seize ans après.

Maintenant, je dois toutefois affronter la mère de Jean-Pierre qui me harcèle au téléphone pour que son fils récupère la garde de ses enfants. La vieille, comme je l'appelle avec mon père, s'accroche sans savoir qu'elle mène un combat perdu d'avance ; jamais je ne céderai, surtout face à cette femme qui n'a jamais voulu s'occuper de ses petits-enfants à l'âge ingrat. Je me souviens d'un séjour chez elle, alors que Kevin venait de naître. Jean-Pierre et moi avions envie d'aller au cinéma, je lui ai demandé de garder son petit-fils. Mais changer les couches, très peu pour elle : « vous l'avez voulu, vous n'avez qu'à vous en occuper ! », m'avait-elle répondu. Dans le même registre, lors de nos visites, elle préparait souvent, au déjeuner ou au dîner, du poisson avec des haricots verts souvent trop cuits, précisément, les plats que détestait Jean-Pierre...

Elle fermait savamment les yeux sur les manquements de mon mari, toujours absent de la maison, dans tous les sens du terme. Lorsqu'elle appelle, c'est toujours moi qui décroche parce que son fils a peur d'elle et ne veut pas lui parler au téléphone. Et s'il est absent et que je ne sais pas où il traîne, je réponds qu'il travaille, même si je n'ai aucune idée de ce qu'il peut bien faire. Et voilà qu'elle revient désormais à la charge, en demandant à son fils d'enclencher une procédure de divorce à mon encontre pour abandon du domicile conjugal. Et pourquoi pas pour enlèvement d'enfants, tant qu'à faire ?

Alors que nous ne vivons plus sous le même toit, nous avons toujours un compte joint. Malgré plusieurs demandes, notre banquier refuse de le disjoindre, trop heureux que je sois là pour combler les découverts au moindre coup de fil. Un jour, je n'en peux plus, je débarque dans l'agence et je disjoncte littéralement. J'attrape le directeur et lui dit, devant le personnel et les quelques clients présents, qu'il est pire qu'un maquereau, que mon argent, je le gagne avec mon cul... Je ne sais pas si un ange passe ce jour-là mais, dans le quart d'heure suivant, je signe le formulaire qui me libère financièrement de mon mari.

En août 1996, Daniel me dit un jour : « Tu es enceinte. » Je pense qu'il se moque de moi, mais il insiste tellement que je fais un test de grossesse qui confirme mon état. J'en suis d'autant plus surprise que la récente pose d'un stérilet par une main inexpérimentée était censée m'avoir rendue stérile, du moins aux yeux de la médecine. C'est ainsi que Leah finit par naître en avril 1997.

Peu après, le 31 mars 1998, Jean-Pierre se tue avec la moto qu'il s'était enfin achetée trois semaines après mon départ. En réalité, il supportait très mal notre séparation, même s'il ne l'aurait avoué pour rien au monde. Il passe alors beaucoup de temps chez mon frère, buvant beaucoup. Jusqu'à présent, il avait toujours la sagesse de rester dormir chez lui pour éviter de reprendre la route ivre. Mais ce soir-là, il refuse catégoriquement son hospitalité. Un témoin de l'accident dira aux enquêteurs qu'il eut l'impression que Jean-Pierre s'était jeté délibérément contre ce poteau. Un suicide ?

Je n'aurai jamais le fin mot de l'histoire. Je retiens juste les bons moments passés ensemble et la photo de nos enfants que j'ai glissée in extremis dans son cercueil. In extremis car j'étais visiblement *persona non grata* à ses obsèques. Sa mère ne me les aurait jamais annoncées si l'un des amis de Jean-Pierre n'avait commis une gaffe en appelant mon frère pour l'avertir de la mort de mon mari…

A peine prévenue, je confie ma fille Leah à mes parents qui étaient de passage à la maison et je prends la route avec mes fils pour aller aux obsèques de leur père. Malgré les dissuasions de ma belle-mère qui m'affirme que ce n'est pas la peine, que c'est une cérémonie familiale ! Comme si nous ne faisions pas partie de la famille ! J'apprends dans la foulée que Jean-Pierre sera inhumé près de Thiers, dans le Puy-de-Dôme, au côté de son père. Même si nos chemins ont complètement divergé, je m'installe dans le corbillard, après la messe d'obsèques préalablement célébrée à Saint-Jean-d'Angely, pour accompagner mon ex-mari à sa dernière demeure. La route est longue, j'ai tout le loisir de discuter avec le chauffeur, un jeune homme heureux qui me dit être le jeune père de jumeaux. Je lui propose de lui donner les lits superposés de l'appartement que j'ai partagé avec Jean-Pierre. En ayant acheté d'autres pour mon nouvel appartement, ils ne me servent plus à rien. « Merci, mais il faudrait peut-être demander l'autorisation à sa mère… » « Je suis sa femme… » « Ah bon, on m'a dit qu'il était divorcé sans enfants… », me répond-il sans aucune malice. Je ferme les yeux, en pensant à mes deux garçons et à Leah, la petite fille dont je viens d'accoucher à Annemasse, le fruit de notre amour avec Daniel. Je prie aussi pour que je puisse enfin créer une vraie famille. En vivant ma vie sans l'hypocrisie qui l'a minée jusqu'à présent.

Chapitre 6

Les putes occasionnelles n'existent pas. Une pute l'est dès son premier client. Et même si elle ne travaille que quelques jours et consacre le reste du temps à sa vie familiale, elle reste une pute, c'est-à-dire même si elle pratique à mi-temps, pour rester dans le jargon professionnel. Ces convictions s'ancrent de plus en plus en moi. Mais la vie d'une pute n'est souvent, et malheureusement, qu'une vie de mensonges, de duplicité avec sa famille, son entourage ; à tel point qu'elle finit par croire vivre vraiment une autre vie, celle qu'elle s'invente à longueur de temps ! Cette spirale infernale, je n'en veux plus. J'ai envie de clarté, de transparence, d'un statut que j'assumerais pleinement, sans travestir la vérité.

Des exigences exacerbées par la naissance de ma fille Leah. Daniel ne l'a pas reconnue immédiatement à sa naissance, car étant encore officiellement mariés chacun de notre côté, il ne pouvait pas le faire. Petite complication supplémentaire, le fonctionnaire de la mairie s'est heureusement trompé, il l'a donc inscrite « née de père inconnu ». Je me prostitue avec de plus en plus d'entrain, toujours sous le pseudonyme de Lisa… J'accueille souvent des personnes handicapées. Une habitude prise à Paris avec un client atteint d'une poliomyélite. Le pauvre avait réservé une chambre dans un hôtel, au quatrième étage sans ascenseur ! En étant obligée de le porter jusqu'à la chambre, j'ai découvert la réalité du handicap avec ces petits riens du quotidien qui deviennent pour eux des obstacles quasiment insurmontables.

Une autre rencontre m'a aidée à faire le deuil de Jean-Pierre, même si je ne l'aimais plus depuis longtemps. C'est un homme de vingt ans. Il est tétraplégique depuis un accident de moto, comme aurait pu l'être mon défunt mari. En le voyant sur sa chaise roulante, je me dis que le fait que Jean-Pierre soit mort sur le coup était finalement une bonne chose. Comment peut-on vivre ainsi, me disais-je face à ce jeune homme dont la vie avait été fauchée en une poignée de secondes alors qu'il n'était qu'un adolescent. R... m'a repérée grâce à mon site internet. Cela faisait trois ans qu'il n'avait plus de vie sexuelle, mais elle n'avait pas été très riche non plus avant l'accident. Et naturellement sa petite amie l'a quitté dès qu'il s'est retrouvé cloué sur son lit de douleur. Comment lui en vouloir ? A dix-sept ans, les serments éternels ne sont que ritournelles.

Je me suis rapidement aperçue que sa tête fonctionnait aussi bien que son sexe. Il avait toujours des désirs mais tétanisé par la lourdeur de son handicap, il ne pouvait les formuler. C'est là que j'ai compris le rôle que je pouvais jouer auprès de ces hommes qui souffraient de ne pouvoir donner quelque chose en échange d'un moment d'affection. R... voulait découvrir le sexe, je l'ai accompagné au cours de rencontres très régulières, une initiation de dix-huit mois. Ces rencontres lui ont permis de reprendre confiance en lui. Et pas seulement grâce au sexe, mais aussi grâce aux longues discussions que nous avions ensuite. Crûment, le fait qu'il puisse toutefois bander lui a fait comprendre qu'il était toujours un homme.

Il s'est donc mis à draguer et parmi toutes ses rencontres, l'une est devenue sa femme. Comme dans un conte de fées, ils se sont mariés et ont désormais une fille. Il peut bouger certaines parties de son corps mais il restera toujours coincé dans son fauteuil. Il a trente-quatre ans et je dois avouer que sa rencontre a été un déclencheur pour moi. Je le vois d'ailleurs toujours aujourd'hui, c'est-à-dire quatorze ans plus tard.

Loin de moi l'idée de passer pour une sainte ! Mais cette relation représente vraiment une étape importante dans mon parcours. J'ai compris que redonner le sourire à des hommes qui l'ont perdu faisait aussi partie de mes attributions. Même si ça ne marche pas toujours ou pas tout de suite. Je me souviens d'un épisode peu glorieux. C'était avant que je ne m'établisse définitivement en Suisse. Je ne connais pas alors bien les salons érotiques, la dénomination officielle de ce que l'on appelle un bordel en France. Un ami handicapé me supplie de faire quelque chose pour lui côté sexe. Je n'ai pas beaucoup de freins moraux sur le sujet, mais je le connais trop personnellement pour avoir un rapport sexuel avec lui.

Je décide donc d'entamer la tournée des salons en sa compagnie. Le premier ne prend même pas la peine de répondre à notre coup de sonnette. Le second ouvre, le portier fait la moue en nous voyant mais, après une brève discussion, il consent à nous laisser rentrer. Seulement, le fauteuil de mon ami ne passe pas la porte trop étroite… Un détail auquel personne n'a visiblement pensé.

Là-dessus, son père m'appelle en me disant que je dois absolument m'occuper de son fils, « sinon, il va mourir à petit feu », me précise-t-il. C'est gai… J'appelle donc des escorts qui acceptent de se déplacer chez leurs clients, à leur hôtel, de préférence.

Après quelques refus, une fille me donne son accord mais elle ne peut le porter et ne veut pas lui donner de douche. Deux tâches dont je m'acquitte en prenant soin, avant de laisser mon ami allongé sur le lit, de poser de l'argent sur la table de nuit. Une somme qui correspond à trois heures de prestation, en pensant que l'affaire serait bouclée en une petite heure. J'avais également demandé à l'escort de m'appeler lorsqu'elle aurait fini. Une heure rien, 1 h 30, toujours rien… Je l'appelle dans sa chambre à l'hôtel, personne ne répond. En désespoir de cause, je grimpe rapidement dans sa chambre et je trouve mon ami, nu comme un ver sur son lit et seul naturellement. Vu son handicap, il n'a pu décrocher son téléphone pour répondre à mes coups de fil. Il grelotte de froid et, entre deux sanglots, me dit que la fille n'est restée qu'un quart d'heure avant de filer avec l'argent sans même prendre la peine de le recouvrir d'une couverture.

De fait, je me suis sentie obligée de la satisfaire. J'ai eu quelques relations sexuelles avec lui, c'était vraiment dur psychologiquement. Mon ami a fini par reprendre confiance en lui et il a pu se constituer un nouveau groupe d'amis. Ce qui a mis un terme à toute histoire de sexe entre nous. Cette expérience, aussi étrange que douloureuse, ne m'a pas coupé l'envie de continuer à accueillir de plus en plus de personnes handicapées. Ce que je continue à faire, en accueillant même leurs parents inquiets de voir où leurs pauvres enfants mettent les pieds. Entre parenthèses, les pièces les plus précieuses accrochées aujourd'hui au mur de mon bureau, restent sans conteste les deux portraits dessinés par deux clients handicapés, deux hommes bourrés de talents malgré leur très lourde infirmité.

Le plus souvent, les problèmes ne proviennent pas des personnes handicapées, mais de leur entourage qui considère le sexe comme un tabou, voire un interdit. « Il ne peut plus marcher, il a juste besoin d'une chaise roulante », disent leurs parents, leurs amis. En réalité, ils ont tout simplement du mal à accepter qu'ils manifestent encore du désir. Quel que soit leur âge, ce que je trouve rassurant. J'en fréquente aussi un autre, un Infirme Moteur Cérébral (IMC) plutôt très jeune. Je me souviens de notre première rencontre, alors que je commençais à travailler en salon. Je m'étais absentée pour déjeuner sur le pouce lorsqu'une fille m'appelle paniquée. « Reviens vite, un client vient d'arriver sur une chaise roulante, il est très excité et personne ne comprend ce qu'il raconte… » Je lui dis de lui offrir un verre d'eau en m'attendant. De retour, je tombe sur un tout jeune homme. Je lui demande son prénom, il tape sur sa roue où je vois son nom gravé à la manière d'un tatouage. C'est ainsi que j'apprends qu'il est IMC. Voilà pourquoi il ne parle pas. Et il est venu tout seul de son centre médicalisé avec son fauteuil roulant électrique…

« Tu es un petit coquin toi, tu as plutôt préféré tatouer ta chaise que ton épaule… », lui dis-je. Il en rit tellement qu'il a du mal à reprendre sa respiration. Je lui glisse une paille télescopique dans le verre pour qu'il puisse se remettre de son fou rire. La glace est brisée, je l'emmène dans une chambre pour lui donner une douche. A peine déshabillé, il éjacule spontanément. Je fais comme si je n'avais rien remarqué, histoire de ne pas le mettre mal à l'aise et je lui fais sa toilette. Comme j'ai du mal à le mettre seule sur le lit, je demande de l'aide à une autre fille qui débarque dans la chambre en string et en porte-jarretelles. Une vision suffisante pour qu'il éjacule à nouveau ! La fille partie, je commence à m'occuper de lui, il est plutôt mignon et a vite une belle érection. Il est plutôt actif même s'il ne peut pas bouger. Son visage rayonne, je partage son bonheur, j'adore quand une personne handicapée se sent de nouveau un homme grâce au sexe. Mon jeune artiste peintre se vante ainsi, une fois revigoré, d'avoir « tiré au pistolet à dix coups ». Et cette relation professionnelle s'est naturellement transformée en une amitié durable.

Chapitre 7

Vous ne pourrez jamais empêcher une prostituée de penser car, contrairement à une idée reçue, la pute n'est pas décérébrée, même les blondes comme moi. Grâce à Daniel, je jouis enfin d'une relative stabilité. Daniel est un impulsif et comme il a très vite saisi le potentiel d'Internet, il ouvre un site d'escort en Suisse. Jusqu'ici tout va bien mais mon mari commet l'erreur d'héberger des Françaises. Selon le droit français, il tombe donc sous le coup de la loi sur le proxénétisme, un délit passible de dix années d'emprisonnement et d'un million de francs français d'amende. Alors qu'il est venu me rejoindre à Annemasse, comme il le fait deux à trois par semaine, les flics débarquent au petit matin d'avril 1999 pour l'arrêter. Ils m'embarquent aussi. Nous étions en fait surveillés depuis plusieurs mois, nos lignes étaient sur écoute et nous étions parfois filés lors de nos rendez-vous.

Direction le commissariat d'Annecy, où je passe vingt-quatre heures en garde à vue, sous le feu croisé des inspecteurs qui me reprochent d'avoir parfois répondu au téléphone en l'absence de Daniel. Je ne peux nier devant l'évidence des écoutes. Me voilà donc complice. Pour Daniel, la situation est plus grave : à l'issue de sa garde à vue, qui s'achève un jour après moi, il est transféré en région parisienne pour être incarcéré à Fleury-Mérogis. J'en pleure mais que faire à part laisser notre fidèle avocat le tirer de là ?

Daniel est finalement libéré quinze jours plus tard, après le versement d'une caution de 500 000 francs français de l'époque, l'obligation de fermer les sites web, dont le mien, et son maintien sous contrôle judiciaire assorti de deux contraintes : l'interdiction de quitter le territoire et celle, pire encore, de me contacter durant toute l'instruction ! Une clause abominable qui nous plonge dans le plus profond désarroi. Une période funeste qui va durer quatre longs mois !

En utilisant des ruses de Sioux, nous parvenons finalement à nous retrouver deux fois. La première, sincèrement, je n'ai rien vu venir, car Daniel a monté un drôle de stratagème ! Convoqué à Paris pour une audience préliminaire, il en profite pour réserver un hôtel en banlieue. L'un de ses amis, que je ne connais pas, m'appelle pour réserver une prestation d'escort en me donnant rendez-vous dans cet hôtel. En arrivant, il ouvre la porte de la chambre, me salue avant de s'en aller… Fier de son coup, Daniel est tranquillement allongé sur le lit ! Je ne l'avais pas revu depuis notre arrestation ! Nous avons bien sûr passé la nuit ensemble, un moment très fort qui restera à jamais gravé dans ma mémoire. La seconde fois, nous nous retrouvons dans un hôtel d'Aix-les-Bains, là encore en brouillant toutes les pistes. Encore quelques heures volées et chargées d'émotion.

Finalement, notre avocat finit par réussir à lever l'interdiction de quitter la France. Daniel retourne immédiatement à Genève. Dès lors, il est très simple pour moi de le rejoindre là-bas à l'hôtel pour rattraper le temps perdu.

Un problème supplémentaire dont je me passerais bien alors que notre avocat bataille pour faire lever l'interdiction qui m'empêche de voir Daniel. Une clause basée sur un soi-disant risque de collusion alors que toutes nos déclarations au juge d'instruction concordent mot pour mot ! Je ne l'espère même plus mais Daniel reçoit finalement la lettre levant cette interdiction, peu après. Il veut me faire la surprise de me rejoindre immédiatement pour fêter l'événement, mais je suis à Paris et non à Annemasse. Hélas, le dernier TGV est parti, il saute donc dans sa voiture et roule quasiment toute la nuit pour m'offrir l'un des meilleurs petits déjeuners que j'aie connus…

Après ce bonheur retrouvé, reste à affronter le verdict de la justice. Il est sévère. Daniel écope d'une amende correspondant au montant de sa caution, soit 500 000 francs. Quant à moi, complice, je suis condamnée à une amende de 100 000 francs que je paye rubis sur l'ongle.… Tout cela me donne aussi l'envie furieuse de m'installer définitivement en Suisse, un pays que je commence à bien connaître suite à mes incursions régulières et surtout où la prostitution est légale et complètement encadrée.

Je vis toujours à Annemasse où mes enfants sont scolarisés dans une école adventiste réputée pour ses bons résultats. Un jour je reçois une lettre anonyme me disant qu'ils ne peuvent rester dans cette école, au vu de mon métier. Des parents d'élèves ont repéré mon site internet (j'aimerais bien leur demander comment) et menacent maintenant de montrer les photos à mes enfants si je ne les retire pas immédiatement de l'école.

Voilà le genre de menace dont j'ai horreur. Déjà bien remontée à cause des problèmes qui nous accablent, Daniel et moi, je prends donc rendez-vous avec le directeur et lui explique qu'effectivement je règle la scolarité de mes enfants en me prostituant. Le directeur me répond qu'il n'y trouve rien à redire. Dans la foulée, je vais également voir leur maîtresse. L'une d'elles me répond qu'elle est là pour régler les maux des enfants et non ceux des parents…

Je quitte donc Annemasse sans regrets en octobre 2000, avec mes enfants après les avoir retirés de leur école adventiste. Je suis escort, je travaille toujours seule mais à force je connais pas mal de prostituées à Genève. Un jour, je reçois un SMS pour m'avertir que l'une de nos collègues rousse (la couleur du diable dit-on) a transmis le sida à l'un de ses clients qu'elle envoie ensuite chez d'autres prostituées pour les contaminer à leur tour. Un message qui sent la délation et la basse vengeance à plein nez. Pour en avoir le cœur net, et comme je n'aime pas l'injustice, j'appelle la rousse pour fixer un rendez-vous.

Milena, un pseudo évidemment, travaille alors rue de Neuchâtel à Genève dans un appartement de trois chambres. Une noire, une rouge et une autre où elle dort. Son salon est un peu lugubre, un peu sombre mais hormis le décor, le courant passe bien entre nous. A tel point que j'envisage de travailler dans son salon. Avec ses quarante-huit ans, elle en a quinze de plus que moi mais ce critère n'est pas un tue-l'amour ; si j'avais fait l'impasse sur les clients plus âgés que moi, je ne sais pas où je serais aujourd'hui !

En rentrant, je dis à Daniel que j'ai bien envie d'aller travailler une semaine en salon, pour m'ouvrir de nouveaux horizons, j'en ai un peu assez d'être seule avec mon téléphone ! Daniel est d'accord. Il accepte désormais que je poursuive mon activité de prostituée alors qu'il a tout fait pour me convaincre d'arrêter lorsque nous nous sommes installés ensemble. Nous avons souvent eu des discussions à ce sujet. Mais devant mes refus successifs et toujours catégoriques, il a fini par comprendre que cette part de moi-même restait non négociable... La preuve ? Un jour, l'un de ses amis, au courant de mes activités, demande à Daniel ce qu'il penserait si l'envie lui prenait de venir me baiser ? Daniel lui répond du tac au tac : « La même impression que tu aurais si j'allais me faire coiffer chez ta femme, si elle était coiffeuse... »

Pour mon entrée en salon, je prends un autre pseudo, Ingrid... en souvenir de la nounou avec laquelle mon défunt mari entretint sa relation extraconjugale. Un prénom que je déteste toujours même si Jean-Pierre est mort et enterré. Hélas, le premier client qui débarque chez Milena m'appelle Lisa, et pour cause, il fantasme depuis des mois sur les photos de mon nouveau site internet ! Mais mes services d'escort sont trop chers pour lui, je ne reste donc avec lui que trente minutes. Tout se passe si bien que nous nous voyons toujours des années après.

Si je m'entends bien avec ma nouvelle partenaire, je n'aime pas en revanche sa manière d'établir les tarifs à la tête du client ; elle les fixe d'une manière totalement arbitraire, en fonction de critères physiques, et fait ainsi varier du simple au double le montant des prestations... Une pratique que je ne peux cautionner. J'ai toujours considéré que je pratiquais un métier normal, donc que les prix de ma prestation doivent être clairs. J'ai eu quelques discussions à ce sujet avec Daniel. En bon cartésien, et connaissant mes difficultés à respecter les horaires, nous avons travaillé sur une grille tarifaire proposant des actes, de la fellation à la sodomie, le prix de toutes les prestations est ainsi clairement établi (avec des variantes pour pimenter la chose). Cela paraît peut-être bassement mercantile mais au moins, le client est fixé. Il a décidé en toute connaissance de cause, il porte donc aussi sa part de responsabilité.

Au début de mon association avec Milena, je laisse 50 % de mes gains pour la location des chambres où j'emmène mes clients. J'estime que c'est trop, surtout avec la pub que je finance, tant au travers des médias « papier » que sur Internet, qui ramène de nouveaux clients pour le salon. Honnêtement, à l'arrivée, il ne me reste plus grand-chose.

Devant l'obstination de mon associée qui campe sur son principe du 50/50, je claque la porte...

Finalement, Milena me rappelle quelques jours plus tard... Après réflexion, elle est d'accord pour négocier un forfait journalier, me dit-elle. Son coup de fil n'est pas une surprise, je sais qu'elle a besoin de moi. Aux abois financièrement, n'ayant jamais économisé, ni payé ses cotisations (une obligation en Suisse) en trente ans de prostitution, elle représente le cas typique de la femme condamnée à se prostituer jusqu'à la fin de ses jours, sauf qu'avec l'âge, la clientèle s'amenuise et que de pute, on devient vieille pute. Une vie vraiment triste, que je ne souhaite à aucune de mes consœurs.

Bref, nous parvenons finalement à un accord : je dois verser 150 francs suisses par jour, à régler en début de semaine, me précise-t-elle. Un forfait que je lui paye au titre de la location des chambres que j'utilise avec mes clients. C'est le système qui régit, de manière totalement légale, les salons érotiques en Suisse. Je m'y plie donc sans aucun problème. Et au-delà de ces 150 francs, tous les gains me reviennent.

A mes yeux, travailler dans ces conditions représente déjà un net progrès.

Je me replonge sereinement dans le travail, les clients affluent, j'accepte quasiment toutes les pratiques, avaler du sperme par exemple, alors que dans ma vie sexuelle privée, je n'en raffole pas. J'ai tout de même quelques interdits : les rapports vaginaux et anaux non protégés, la scatophilie ou la zoophilie. Heureusement, personne ne me propose cette déviance, hormis un comique qui m'envoie une fois par an un message par Internet pour me demander si j'accepterais une partouze avec des singes bonobos. Je lui réponds invariablement : « Bien volontiers mais c'est un million de francs. » Il n'a pas toujours pas donné suite à la proposition…

Dans un registre plus terre à terre, nous devons rapidement trouver une solution de repli car le bail de l'appartement que louait Milena arrive à expiration. Trop content de fermer un salon érotique, le propriétaire n'a aucunement l'intention de le renouveler. Souci supplémentaire : réputée mauvaise payeuse, de surcroît sans aucune reconnaissance fiscale, Milena aura du mal à retrouver un autre local dans un pays où les enquêtes de voisinage sont monnaie courante. Sa solution pour se sortir de ce mauvais pas : demander à Daniel (et sa caution de bon Suisse) de lui trouver des bureaux en mesure d'accueillir quatre chambres et une salle commune. Une vraie extension qui permettra d'accueillir davantage de filles. Mon mari se met en chasse en posant une condition : que je devienne son associée dans l'affaire. Evidemment, Milena accepte. Elle n'a pas le choix. Et ce n'est pas un piège tendu par un couple machiavélique…

Dans l'urgence, Daniel nous dégote donc un local de bureau de six pièces place du Cirque, en plein centre de Genève. Sans vraiment le dire clairement au propriétaire, espérant que je saurai gérer les choses. Quatre chambres assez sobres, sans thématique particulière, serviront pour recevoir les clients, l'une servira de salle commune et l'autre de chambre pour Milena qui vivra ici en permanence.

Chapitre 8

Le 15 décembre 2000, j'épouse Daniel par une belle journée ensoleillée. Par amour bien sûr, tout en ayant l'impression d'accomplir une formalité administrative. Daniel a invité sa mère et quelques amis. Pour ma part j'en ai très peu, voire aucun à l'époque... Nous sommes une petite quinzaine de convives, nos cinq enfants respectifs inclus, réunis dans un restaurant spécialisé dans la viande, l'une de nos adresses habituelles à Genève. Entourés à table par nos témoins, une pute parisienne qui a commencé à l'âge de seize ans avec Madame Claude et son compagnon, un homme bien mais malheureusement peu chanceux. Daniel l'a rencontré lors de son séjour forcé à Fleury-Mérogis et par chance, il est libre pour la date du mariage alors que c'est un spécialiste des allers-retours entre la prison et l'extérieur. Il y a aussi l'un des plus vieux amis de Daniel, un assureur… Bref, une assemblée un peu hétéroclite, de bras cassés – diraient certains – mais l'ambiance est joyeuse. Un vrai jour de fête finalement, uniquement assombri par l'absence de mes parents et de mon petit frère. L'éloignement et leur travail, qui connaît un pic en cette période de fêtes de fin d'année, ne leur permettent pas de quitter leur stand de vente d'huîtres.

Ma vraie famille me manque mais je comprends tout à fait qu'ils aient du mal à accepter ma vie. Je ne leur ai jamais véritablement expliqué la nature exacte de mes activités et au fond je préférerais leur dire que je fais le trottoir plutôt que de leur avouer mon métier de proxénète. Je ne leur en veux pas, mais j'éprouve un grand vide et je me souviens tout à coup du jour de mes vingt ans. Un mauvais souvenir. Je suis chez ma belle-famille, nous sommes le 23 décembre, personne ne m'a encore souhaité mon anniversaire, pas même mon fiancé. L'oncle et la tante de Jean-Pierre qui sont là aussi disent que ce n'est pas la peine de sortir, que les rues sont pleines en cette veille de Noël. Je finis même par croire qu'ils me réservent une surprise. Elle n'arrivera jamais. Pour la première fois, mes parents sont coincés sur leur marché pour vendre leurs huîtres, ma mère ne m'appellera qu'à 21 heures. Le premier geste d'affection en ce jour qui marque ma triste entrée dans le monde des adultes.

Dix ans après, je fais beaucoup d'escorting grâce à mon site internet qui cartonne. Un site de « rating » pour putes, une adresse internet très suivie, créée par des financiers accros aux algorithmes et au sexe, me classe deuxième meilleur coup d'Europe grâce à toutes les évaluations positives laissées par mes clients. Une sacrée consécration, j'intègre en quelque sorte l'élite des prostituées... de quoi devenir prétentieuse, mais très peu pour moi, même si cette « récompense » me conforte dans la voie que j'ai choisie et prouve aussi que Daniel travaille efficacement côté marketing en peaufinant sans arrêt l'actualisation de mon site internet.

Lors de mes escapades d'escort, mon second mari fait aussi office de chauffeur. Un vrai confort pour moi. Je n'ai qu'à me glisser dans la voiture où je me conditionne en ne pensant à rien et en me vidant totalement la tête avant un rendez-vous. En le quittant et en claquant la portière de la voiture, je fais totalement abstraction de ma vie privée. Daniel m'attend alors avec un livre en patientant une heure ; et quand le rendez-vous est prévu pour une plus longue durée, je lui laisse une couverture, au cas où... Généralement, tout se passe bien, mais ça n'est pas toujours le cas. Comme ce rendez-vous fixé à Monthey, une petite ville du Valais, située au bout du lac de Genève, à deux heures de route environ. Pas question que Daniel m'y accompagne en voiture, d'autant que le client m'a demandé de rester la nuit entière. Je décide donc de prendre le train.

Je dois ensuite emprunter une correspondance, un train à crémaillère, déjà parti malheureusement, alors que je foule le quai de cette gare perdue au pied des montagnes. J'appelle donc mon client qui me répond qu'il saute dans un taxi pour venir me chercher. J'apprécie d'autant plus son geste que le client paraît calme et posé...

Le taxi arrive, je monte à l'intérieur, mon client ne dit rien. Ayant déjà rencontré quelques originaux, son attitude ne m'inquiète pas outre mesure. Au bout de cinq minutes, l'homme, la quarantaine à priori, m'annonce que nous allons d'abord dîner. Bien sûr, pourquoi pas... Toujours une bonne occasion de faire davantage connaissance. Sauf que le dîner se passe en vérité au café de la gare, que la conversation de mon client est inintéressante et surtout, que je constate son sévère penchant pour la boisson. Il m'a galamment servi un verre de vin mais je n'y touche pas, n'aimant pas l'alcool. Et quand la bouteille est finie, il attrape mon verre et le vide. Une attitude qui ne présage rien de bon pour la suite. Je ne sais pas encore que le pire est à venir !

Nous repartons finalement en taxi. Avant d'aller chez lui, il souhaite s'arrêter dans un autre bar. Vu son état, je me dis que cette halte sera toujours ça de moins à endurer pour la suite. Oui, mais... Le chauffeur nous abandonne devant un endroit assez louche. Nous rentrons, l'intérieur est très sombre, en nous approchant, je distingue un comptoir en forme de L surmonté par des rangées de bouteilles de champagne. Chic à priori... En attendant, tous les hommes juchés sur les tabourets ont le nez plongé dans un verre de vin rouge. Je propose à mon client de nous installer dans un canapé mais il préfère rester au bar, où il me plante pour se diriger vers la porte des toilettes. Une femme s'approche et commence à me tourner autour comme si elle voulait me draguer. Elle veut engager la conversation mais sa voix rauque me fait comprendre qu'il s'agit d'une transsexuelle, très jolie d'ailleurs, je le constate dès qu'elle arrive sous l'un des rares halos de lumière qui descend du plafonnier.

« Tu viens pour te présenter pour travailler ici ? », me demande-t-elle. « Non, bien sûr que non », lui répondis-je. Elle a juste le temps de me dire « Tant mieux, cet endroit n'est vraiment pas pour toi », que mon client revient déjà en commandant directement une bouteille de champagne. « Deux coupes », rectifiai-je. A peine sont-elles servies qu'il vomit sur mes cuisses... Quelle honte ! Je n'ai pas choisi ce métier pour vivre ce genre de scènes. Je vais me nettoyer tant bien que mal en m'appuyant sur un minuscule lavabo avant de prendre les choses en main en traînant mon client dehors, où un taxi nous attend.

Mon client parvient tant bien que mal à bredouiller son adresse et, après une dizaine de minutes, nous voilà enfin arrivés chez lui. Je n'ai qu'une envie : prendre une douche ! Hélas, la salle de bains est aussi sale que son propriétaire, surtout pour moi qui suis obsédée par la propreté. Je me glisse tout de même dans la baignoire. Faute de détergent, je la nettoie avec du savon. J'envoie mon client à la douche à son tour où il vomit de nouveau, dans la baignoire cette fois, condamnant ainsi la salle de bains. Plus question que j'y retourne.

Tout son appartement est sale, la poussière n'a pas été enlevée depuis des lustres. Comment peut-on vivre ainsi lorsqu'on a les moyens de s'offrir les services d'une prostituée durant une nuit entière ? La nature humaine me laisse perplexe, mais je n'ai pas le temps de philosopher. Le lit maintenant. Je jette les déchets qui l'encombrent. Le drap est noir comme la nuit. J'en cherche un propre mais mon client veut reprendre les choses en main et se hisse sur un tabouret pour ouvrir un placard. Au vu de son état, j'ai trop peur qu'il se rompe le cou. Je le rassieds et m'en charge moi-même. Je trouve finalement un drap propre en fouillant dans un autre placard. Je refais le lit et mon client s'y étale en s'endormant instantanément, la tête enfoncée dans l'oreiller.

Je ressens alors un grand moment de solitude mais que faire ? Il est minuit passé et dehors le thermomètre affiche facilement moins dix. Impossible de repartir à pied ! Je pense aussi à Daniel, bien au chaud dans notre petit nid de Genève. J'ai ouvert les fenêtres pour aérer un peu mais le froid envahit l'appartement. Toutes ces péripéties m'ont fatiguée, je suis à deux doigts de craquer... Pour tuer le temps, j'allume la télé, non sans avoir enlevé les papiers encombrant le canapé pour pouvoir m'y asseoir. J'étends mon Burberrys avant d'y poser mes fesses. Je me sens terriblement dégradée.

La nuit s'annonce longue, j'appelle Daniel à l'aide. Il dort mais décroche tout de suite. Je lui explique la situation, je n'ai pas l'habitude de me plaindre mais là, il sent l'urgence. Il me dit qu'il arrive le plus vite possible. Je reste sur le canapé, mon portable à portée de main, en priant pour que mon client indélicat ne sorte pas de son coma, la porte n'ayant même pas une poignée que j'aurais pu bloquer pour éviter les mauvaises surprises. Pendant ce temps-là, le vent qui s'engouffre par les fenêtres ouvertes soulève les moutons de poussière...

Mon amour finit par arriver au bout de deux longues heures, il n'a pourtant pas dû traîner en route. Lorsque je m'assieds enfin dans sa voiture, je suis au bord de la crise de larmes. En arrivant à la maison, je me glisse sous la douche en me frottant comme jamais avec un gant de crin avant de me coucher complètement exténuée.

Et qui me rappelle le lendemain, surpris qu'il n'ait pas eu, je le cite, « sa petite pipe du matin » ? Mon client. « Cela sera pour une prochaine fois », lui répondis-je. Il me dit aussi qu'il a passé une très bonne soirée mais que la prochaine fois, il ne boira pas autant. Pour finir, il m'explique qu'il a dû congédier sa femme de ménage parce qu'elle passait son temps à regarder la télévision, ce qui explique l'état de son appartement. Il est revenu à la charge plusieurs fois, me précisant même qu'il avait acheté un nouvel aspirateur. Je n'ai naturellement jamais donné suite. J'en ris aujourd'hui, mais cette histoire m'a fait comprendre deux principes essentiels : une pute qui se respecte ne subit jamais et l'argent n'achète pas tout.

Chapitre 9

Peu de temps après cet épisode sordide, je reçois un appel de la brigade des mœurs. Je suis immédiatement convoquée, m'annoncent-ils. Prétextant ne pas posséder de voiture, je ne peux m'y rendre tout de suite mais je prends tout de même l'appel au sérieux et je débarque dans leurs bureaux quelques heures après. Pour m'entendre dire que je ne pouvais pas exercer en Suisse. « Que dois-je faire pour en avoir le droit ? » demandai-je alors à l'inspecteur, un homme visiblement gentil mais très attaché aux principes. La loi est la loi, un point c'est tout. Il fait son job, comme je fais le mien. Sérieusement. Il m'explique tout de même que je devais attendre cinq ans avant d'avoir un permis longue durée qui me permettra de travailler. Une condition impossible à tenir, d'autant que je suis désormais repérée.

Daniel me conseille de prendre un avocat pour plaider ma cause. Je m'adresse d'abord à des femmes mais elles refusent toutes avec le même motif : elles n'ont pas envie d'être associées à des putes. Je me rabats donc sur un homme dont j'obtiens le nom par une association de défense des prostituées. Il prend mon cas au sérieux et en plus, me demande très peu d'argent. En tout cas, il trouve la faille et m'obtient une décision que je m'empresse de porter à la brigade des mœurs, directement à l'inspecteur qui m'a reçue huit mois auparavant en m'intimant l'ordre d'arrêter de me prostituer.

Je lui donne donc la copie de la décision, en lui disant qu'il peut la garder et que je conserve l'original… Il se lève, va dans un autre bureau, s'entretenir avec l'un de ses collègues. Naturellement, je n'entends rien. Dix minutes plus tard, l'inspecteur revient, l'air un peu contrarié tout de même, en me disant que tout est légal, que je deviens ainsi la première Française à pouvoir travailler en Suisse, sans le permis C (qui s'obtient normalement au bout de cinq ans pour une autorisation de longue durée !) J'avais déjà obtenu le permis B, grâce à mon mariage et au regroupement familial, mais il ne permettait pas d'exercer une activité indépendante dans le domaine de la prostitution dans le canton de Genève.

Avant de me laisser partir, l'inspecteur me demande toutefois une faveur : celle de ne jamais divulguer le moyen grâce auquel j'ai obtenu mon permis de travail. Une promesse que j'ai tenue.

Irréprochable sur le plan administratif, ma qualité d'escort solidement établie, je peux désormais m'attaquer à celle de tenancière de maison. Nous avons baptisé notre salon de la place du Cirque le Venusia et sa réputation dépasse largement nos espérances. Elle s'étend désormais au-delà des frontières. Nous sommes en octobre 2003 et des « accords bilatéraux » nous autorisent désormais à accueillir les ressortissantes des quinze premiers pays de l'Union européenne. Les candidates affluent en masse.

Un jour, je reçois ainsi un appel d'une certaine Lucy qui me dit vivre à Paris, et s'ennuyer dans son travail de comptable, « sans avenir », précise-t-elle. Elle vient de lire une petite annonce dans le journal du 93 qui propose un poste d'hôtesse érotique à

Genève. Elle poursuit en me disant qu'elle a déjà approché la prostitution en Belgique, en Hollande et à Londres. Une sorte d'aventurière du sexe, comme on en croise régulièrement, qui se prostitue pour l'argent bien sûr, mais aussi pour les sensations fortes que peut procurer ce métier.

Je ne sais pas pourquoi, mais sa voix me donne l'impression de retrouver une vieille amie, ou tout au moins une femme que j'attends, comme si nous étions faites l'une pour l'autre. D'habitude, je choisis mes filles après les avoir vues et après avoir discuté longuement avec elles de leurs motivations, leurs envies. J'essaye aussi de repérer celles qui semblent instables. Des femmes qui peuvent satisfaire le client mais qui s'avèrent dangereuses dans une communauté de filles qui sont sans cesse ensemble.

Avec Lucy, après quelques minutes à peine passées à discuter au téléphone, je ne décèle que bonté. Sa voix est franche. Sans hésiter, je lui dis immédiatement oui en lui fixant un rendez-vous quelques jours plus tard. « Venez avec vos bagages », lui dis-je pour conclure. Une première. Jamais, je n'ai ouvert la porte du Venusia à une fille que je n'ai jamais vue.

Le jour J, Daniel va la chercher à la gare, en tramway, par peur d'arriver en retard. En la voyant arriver au salon, je sens que mon instinct ne m'a pas menti. Lucy est haute comme trois pommes, 1,60 mètre au maximum, elle traîne une grosse valise qui paraît presque plus grande qu'elle. J'admire aussi sa finesse de liane, ses cheveux châtain foncé qui lui tombent sur les épaules et je fonds devant son sourire qui ne quitte jamais son visage d'enfant. J'ai l'impression de trouver cette amie que j'attends depuis longtemps. Un vrai coup de foudre !

Faire des rencontres si différentes, voilà vraiment l'un des bons côtés de mon métier. Lucy déboule dans ma vie comme une elfe. Sa fragilité me touche, je découvre pourtant qu'elle n'a jamais manqué d'amour, elle a toujours été très entourée, trop peut-être, d'où l'origine de sa faille… Ces faiblesses réveillent les miennes : mon manque d'assurance, et surtout cette honte latente et insidieuse d'être une pute. Lucy représente à la fois mon contraire et mon alter ego. Mais sa présence agit comme un baume sur mes blessures et apaise mes angoisses. Celles de ne pas pouvoir tout dire à mon mari par exemple. Avec mon métier, le soir en rentrant à la maison, je ne peux pas lui raconter ma journée dans les moindres détails... Encore moins, avec les enfants autour de la table. Alors qu'avec Lucy...

Une autre fille arrive aussi à peu près en même temps. Lena, une Ukrainienne blonde, très sexy, qui, même si elle n'a plus beaucoup de cheveux, reste très belle. J'ai du mal à la cerner, toujours plongée dans ses livres, elle ne parle pas beaucoup, mais je sais que je peux compter sur elle et que les hommes vont l'adorer. C'est le début d'une belle histoire et l'ébauche d'une véritable équipe et je me sens mûre pour gérer désormais un établissement toute seule. En n'imposant aucune contrainte à la dizaine de filles qui m'accompagnent, à condition de suivre mes règles : me respecter et prendre soin du client. Ce dernier point, étant la base qui régit n'importe quel commerce, n'importe où sur terre.

Quand j'y repense après quelques années, la vie place du Cirque était vraiment agréable au début, en dépit de quelques incidents mineurs et plutôt comiques, bon enfant dirais-je : un client qui sonne au mauvais étage, des filles qui, malgré mon interdiction, fument sur le palier, déclenchant la colère des habitants des autres appartements qui en ont assez, en règle générale, d'entendre marcher les filles en talons aiguilles au-dessus de leur tête ou de supporter les va-et-vient dans les escaliers, les rires, les cris et les clients parfois éméchés.

Milena dort toujours sur place. Quelques filles arrivent en renfort. Je sympathise avec elles mais très vite l'ambiance est plombée par mon associée qui harcèle en permanence les filles. Les filles la supportent de moins en moins. Elles rêvent du prince charmant, du dernier sac à la mode, d'une nouvelle paire de chaussures mais surtout pas de quelqu'un qui leur fait la leçon pour un oui ou pour un non. Les prostituées ne supportent pas l'aigreur, un fait que Milena ne comprend pas. Nous nous séparons donc au bout de trois mois, mais elle a eu le temps de faire une faute dont je ne mesure pas tout de suite les conséquences.

Tout part bêtement d'une fuite d'eau ou d'un problème similaire dont je ne me souviens plus aujourd'hui. Un plombier vient établir un devis mais Milena le congédie sèchement en lui disant que les travaux coûtent trop cher. Pour se venger, l'artisan qui a très bien compris la nature de nos activités, nous dénonce à la régie immobilière. Celle-ci nous attaque parce que nous n'avons pas déclaré notre activité de salon érotique. Pour gagner du temps, nous nous lançons dans une procédure, une de plus…

Heureusement, des situations cocasses contrebalancent ces moments pénibles et nous offrent des moments plus joyeux que je partage volontiers avec mes filles. C'est ainsi qu'un jour, un client appelle du Pays basque, pour savoir si une fille qui ne soit pas intégralement épilée travaille au Venusia, une chose qui se fait de plus en plus rare de nos jours. Par chance, Candie, une brune australienne, vient de débarquer et correspond à ce qu'il cherche. Une fille assez originale qui finance son tour du monde en faisant des escales dans les bordels qu'elle trouve sur son chemin ! Bref, je réponds à mon Basque qu'il ne sera pas déçu du voyage…

Rendez-vous est pris pour le lendemain.

Entre-temps, alors que je suis rentrée chez moi, une autre fille persuade Candie de s'épiler, arguant que les Suisses préfèrent cela. Mon Australienne passe alors à l'action, et le lendemain, j'ai à peine le temps de mettre un pied au salon, qu'elle m'exhibe fièrement son sexe entièrement épilé… Je change de couleur en pensant à mon Basque : ses poils ne vont pas repousser miraculeusement en si peu de temps.

Je sais que Léna est mal épilée en ce moment, je la préviens de la visite d'un client qui arrive et cherche précisément cela. Sur ce le Basque, d'une ponctualité suisse, arrive à l'heure convenue. Un peu gênée, je lui présente la situation, sans lui expliquer bien sûr le tour de passe-passe que nous avions été contraintes de faire. Une heure plus tard, notre Basque repart sans rien dire, l'air content, mais il n'est plus jamais revenu. En procédant à la traduction de son journal de bord, le cahier où elle consignait tous les détails de ses prestations, je découvre juste après cet épisode que Candie accepte les rapports vaginaux sans préservatifs pour 200 francs suisses supplémentaires. Alors qu'elle refuse les fellations naturelles, c'est-à-dire sans capotes ! Je conseille donc à cette gourde de reprendre la route tout de suite…

Je me souviens aussi de longues pauses télé, entre filles, devant *Sex and the City*, chacune allant de son commentaire. Avec Lucy, blotties toutes les deux sur le canapé, nous nous régalions aussi des rediffusions matinales de *Ma sorcière bien-aimée* ou de ces séries à l'eau de rose dont j'ai oublié le nom mais qui nous scotchaient devant l'écran, à tel point que l'arrivée d'un client nous dérangeait. Heureusement, nous avions toujours la tête sur les épaules, chiffre d'affaires oblige !

Derrière cette tranquillité et cette insouciance, je découvre néanmoins que le métier de tenancière de bordel entraîne quelques surprises. Un exemple parmi d'autres : une matinée, je me lance dans un grand ménage. Et là, sentant une résistance sous un lit, je tombe sur tout un lot de portraits de moi, les pieds crucifiés et les yeux crevés par des aiguilles. N'ayant jamais cru aux grigris ou au pouvoir de la magie noire, j'éclate de rire, mais Lucy débarque dans la chambre et me supplie de ne pas toucher à ce tas de papiers, hautement maléfiques, selon elle ! Elle se charge ensuite de tout ramasser et de tout brûler... Devant sa frayeur, je m'interroge néanmoins. Evidemment, comme dans n'importe quelle communauté, j'ai moins d'affinités avec certaines filles ; mais comment puis-je susciter autant de haine ? Comment peut-on en arriver à me crever les yeux, même en photo ?

Dans un registre plus heureux, c'est aussi place du Cirque que je rencontre une vieille dame très distinguée. Nous nous saluons chaque fois que nous nous croisons dans le hall de l'immeuble, quand elle sort promener ses chiens généralement. Je ne connais rien de sa vie et je ne sais pas si ma voisine de palier soupçonne la nature de nos activités mais en tout cas, elle ne laisse rien paraître. Un beau matin, elle sonne à la porte, en robe de chambre. Je suis également en peignoir, naturellement plus suggestif que le sien (j'attends le client de pied ferme). Juste derrière moi, pour compléter le tableau, Lucy est allongée sur le canapé, habillée de façon encore plus provocante que moi.

Le plus naturellement possible, je demande à ma voisine ce que je peux faire pour elle. Voyant que je regardais le plâtre qui entourait son poignet, elle me répond : « Je me suis blessée, une fracture, j'ai donc besoin de quelqu'un pour m'habiller, pourriez-vous m'aider ? — Bien sûr, venez avec vos habits », lui répondis-je. Chaque matin, elle arrive donc avec ses vêtements que nous l'aidons à enfiler. Inutile de jouer la comédie, elle a très bien compris ce que nous faisions. Un matin, elle lâche, avec un petit sourire taquin : « Je pensais que vous occupiez des bureaux, si maman savait que je m'habille tous les jours dans un bordel... »

Nous éclatons de rire toutes les deux. Un moment qui scelle le début d'une longue complicité. J'apprends que ma voisine vit seule à Genève depuis son divorce, trente-cinq ans auparavant. Elle en a soixante-dix aujourd'hui. Petit à petit, elle se confie, me racontant sa vie passée dans la haute bourgeoisie parisienne. Ses parents, de grands industriels, vivaient dans un hôtel particulier somptueux. Un après-midi, alors que je traverse la place du Cirque pour me rendre au salon, je la trouve recroquevillée sur un banc, seule avec ses chiens, avec cet air triste propre aux gens qui vivent enfermés dans leurs souvenirs. Je m'assieds à ses côtés, nous papotons un instant puis elle finit par me dire que sa fille unique vit à l'étranger. A son regard qui se trouble en parlant de son unique et lointaine famille, je mesure l'étendue de sa solitude.

Cette femme a vraiment le cœur sur la main. Sans vouloir compenser l'absence de mes parents qui ont toujours du mal à accepter que leur fille soit une pute, nos liens se renforcent. Je l'invite de plus en plus souvent à la maison, pour déjeuner ou pour dîner avec Daniel et les enfants qui l'adoptent à leur tour. Tant et si bien que nous l'appelons maintenant « grand-mère », un rôle qu'elle accepte bien volontiers. Sans famille, ou presque, elle en a ainsi retrouvé une autre. Peu commune, il faut bien l'avouer. L'une de mes grandes fiertés est justement d'avoir une vie familiale normale. Comme n'importe quelle mère, je suis les devoirs de mes enfants, nous organisons des sorties extrascolaires, souvent en compagnie de notre grand-mère d'adoption. Seule entorse à cette règle : je ne vais plus aux réunions de parents d'élèves. La dernière, dans l'école primaire de Leah, a failli mal se terminer. Un couple arrive en retard, une femme très désagréable demande que l'on reprenne la réunion à zéro, tandis que son mari dit qu'il est hors de question qu'il s'asseye sur ces chaises d'enfants. Je me lève pour lui proposer mes talons de 10 cm de haut pour qu'il grandisse et – oups – je m'aperçois que cet homme est l'un des mes clients personnels… C'est donc Daniel qui s'en charge désormais.

Arrive Noël, pour nous retrouver en famille et fêter les bons résultats de notre petite affaire prometteuse, Daniel nous offre dix jours à New York, avec nos cinq enfants mais sans grand-mère qui reste à Genève. Nous partons l'esprit léger, je laisse les clés du Venusia aux filles, en toute confiance. A elles de se prendre en main, nous ferons les comptes au retour… A cette époque, nous adorons New York et même si nous y allons trois ou quatre fois par an, Big Apple nous fascine à chaque voyage, comme si c'était notre premier séjour. Ce voyage est aussi une merveilleuse occasion pour moi de me consacrer aux miens à plein temps. Sans penser aux clients, ni à la bonne marche du Venusia. Toute à mon bonheur, je n'avais pas encore compris qu'un bordel est à surveiller comme le lait sur le feu…

Chapitre 10

A notre retour, j'accueille Mya, une belle Noire, petite et plantureuse mais sans être grosse, de longs cheveux et un magnifique visage enfantin. Un peu timide aussi, mais je sens qu'elle apprécie les expériences sexuelles, disons, un peu débridées. Je sais aussi que les Suisses ont un à priori fâcheux envers les filles de couleur. Cela les regarde mais je ne suis pas obligée de penser comme eux. Plus prosaïquement, je compte aussi sur la clientèle française ; juste de l'autre côté de la frontière, à quelques dizaines de kilomètres de Genève à peine.

Toujours est-il que le premier contact entre Mya et un client se passe mal. Il suffit qu'elle ouvre la porte pour qu'il prenne les jambes à son cou en disant : « Une Noire ? Non, jamais ! » Quelle bêtise ! Ce genre de clients, je préfère effectivement qu'ils s'en aillent ! La pauvre en est complètement retournée. Alors qu'elle est vraiment pleine de bonne volonté. Un habitué sonne à la porte, nous l'accueillons avec Lucy pour qu'il emmène Mya. Il finit par accepter et, en partant, déclare être ravi d'avoir eu sa première expérience avec une Black. Il me remercie chaudement en me disant « l'essayer, c'est l'adopter »...

Je remarque vite que Mya est plus bien posée que Laurence, une autre Africaine qui travaille au salon depuis quelque temps déjà. C'est un cas, elle ne réussira jamais financièrement, tant elle ne comprend rien à l'argent. Soi-disant compagne d'un expert-comptable, elle m'entraîne dans des calculs totalement surréalistes lorsque nous faisons les comptes, une procédure qui rythme désormais ma nouvelle vie de patronne. Avec elle, les calculs qui me paraissent habituellement si simples (elle touche 70 % de ce que donne le client et moi 30 %) deviennent d'une complexité inouïe. J'imagine que son prétendu fort en maths n'y est pas pour rien. Je renifle le mac, le genre d'hommes que je ne supporte pas, encore moins s'ils endossent l'habit de la respectabilité.

La confidence d'une fille m'apprend vite que Laurence est justement l'apprentie sorcière qui voulait me jeter un mauvais sort. A l'époque, nous ouvrons de 10 à 22 heures et entre deux clients, les filles ont le temps de discuter à loisir. Elles utilisent cette pause pour se pomponner, parler de tout et de n'importe quoi ou se disputer. Et comme dans tous les milieux fermés, tout le monde s'observe, monte des alliances de circonstance et essaie d'être plus maligne que la voisine. J'imagine que c'est en quelque sorte une reproduction du monde de l'entreprise. Sauf que les petites phrases sont sans doute plus assassines et les gestes plus violents. Logique, le bordel réunit des sensibilités à fleur de peau, mis à part les grandes courtisanes qui planent au-dessus des petites mains de la prostitution. Une entreprise comme une autre vous dis-je...

Je parlais du lait sur le feu... En réalité, un bordel, c'est un volcan toujours au bord de l'éruption. Surtout pour une débutante comme moi, alors encore très naïve.

Les filles me parlent souvent d'Andréa, une jeune Portugaise, pas très grande, les cheveux châtain clair. Sa coupe au carré lui donne même un petit air sérieux qui cache la jeune fille perdue qu'elle est en réalité. A les entendre, « Andréa a souvent le nez blanc ». Ce à quoi je réponds naïvement : « Oui et alors, elle est malade, son médicament n'agit pas correctement. » Ma réponse devait les faire beaucoup rire. Je suis aveugle, et ne me rends compte de rien mais la cocaïne circule librement dans mon Venusia. J'apprendrai même qu'il arrive assez fréquemment que des clients règlent les filles à coups de lignes blanches !

Comme l'alcool, la drogue ne m'a jamais attirée. Le sexe n'a pas besoin d'adjuvants. Ma vraie drogue, c'est le cul. Le reste, les questions que se posent généralement les femmes (faut-il coucher le premier soir ?, nos signes astraux sont-ils compatibles ?, etc.), je m'assieds littéralement dessus.

C'est ma chère Lucy qui m'avertit d'un danger imminent, une descente de la brigade des mœurs. Je m'interroge. Dès mon retour de New York, j'avais remarqué que le salon ne tournait pas aussi bien que je l'imaginais. Des anomalies dans le décompte des passes effectuées durant mes absences me préoccupent. Mon stock de préservatifs a, par exemple, drôlement diminué par rapport au nombre d'actes sexuels annoncés par mes filles, auxquelles, franchement, j'avais laissé la maison en toute confiance. Il manquait, je crois, un millier de capotes ! Pour quinze jours d'absence ! Elles avaient vraiment dû beaucoup travailler... Mais devant la menace d'une descente des mœurs, je laisse cette histoire de côté.

Je découvre aussi le double jeu de certaines filles en qui j'ai pourtant confiance. Julie notamment. Une ambitieuse, pas trop dégourdie et mariée avec un Suisse. Celui-ci lui annonce subitement son intention de la quitter pour une fille moins jolie, mais plus intelligente. Panique à bord chez Julie, son assurance-vie fiche le camp, un vrai cataclysme pour une fille qui mise tout sur son physique.

Cette idiote ne trouve donc rien de mieux que de monter d'autres filles contre moi, en pensant ouvrir ensuite son propre salon érotique afin de capter ma clientèle. Eva fait partie du complot. Cette Française, une mère de famille acheteuse compulsive, n'a jamais assez d'argent. Elle s'en plaint auprès des clients en prétendant qu'elle ne peut même pas nourrir ses enfants, alors qu'elle travaille soi-disant comme une folle en supportant des conditions de travail intenables. Elle parvient même à emprunter du fric auprès des autres filles alors qu'elle gagne au minimum 10 000 francs suisses par mois. Pour justifier ses revenus, elle raconte à sa famille qu'elle est esthéticienne, en Suisse, parce que les salaires y sont bien plus élevés. Pour une fois, elle ne ment pas.

Dernièrement, Eva m'avait énervée en profitant d'un client qui souhaitait rester avec plusieurs filles jusqu'à ce qu'il ne lui reste plus un sou. Un souhait qu'Eva avait bien sûr pris au pied de la lettre en lui prenant tout son argent. Cet homme était bien trop saoul pour savoir ce qu'il faisait et je ne voulais pas qu'il vienne, une fois dans son état normal, nous reprocher de l'avoir ruiné. Je dis donc aux filles qu'elles devaient lui prendre le tarif d'une prestation d'une heure, soit 500 francs, et laisser le reste. Ce qu'elles ont fait, sans rechigner, avant de remettre le reste de l'argent dans l'enveloppe avec un petit mot de remerciement. Le client, toujours ivre, est donc parti en pensant avoir tout dépensé. Nous ne savons pas ce qu'il en a pensé le lendemain, puisque nous ne l'avons jamais revu. En revanche, j'ai bien senti qu'Eva était fort contrariée et j'ai deviné qu'elle avait envie de nous quitter.

Heureusement, j'ai toujours ma Lucy pour m'épauler, même si je discerne chez elle un sacré penchant pour l'alcool et le sexe qui frise la nymphomanie. Je n'ai pas de problème avec la seconde addiction et son côté petite fille blessée m'attire toujours autant. Dès qu'un client demande un truc à trois, nous formons aussi une sacrée équipe toutes les deux, on prend vraiment beaucoup de plaisir, et le client aussi à en juger sa mine réjouie au moment de partir. Il faut dire que Lucy a une caractéristique physique que je ne connaissais pas : elle est très étroite devant et très large derrière, une fille à l'envers en quelque sorte ! Une particularité qui attire une clientèle qui lui prouve sa fidélité chaque jour…

Lucy ne m'a pas menti, la brigade des mœurs débarque un matin pour un contrôle ! Pourquoi pas, c'est la règle du jeu et je pense vraiment n'avoir rien à me reprocher. Ils embarquent toutes les filles dont Lucy qui revient presque douze heures plus tard, ivre morte, au bord du coma éthylique, à tel point qu'elle ne se souvient plus de rien. C'est rare de pouvoir le faire dans un commissariat, à moins qu'on l'ait aidée en lui mettant des bouteilles sous le nez…

Un tout petit accès de lucidité aidant, elle parvient à me glisser que les flics ont prévu de revenir rapidement… Que la plupart des filles ont déposé contre Daniel et moi… Je tombe de haut ! Je comprends aussi sec que la police nous cherche des ennuis, les policiers ne choisissent pas leur cible par hasard, je le sais par expérience. J'ai la peau dure, je ne suis pas paranoïaque mais je dois avouer que cette nouvelle me désarçonne.

Avec Lara, une fille fidèle (elles se comptent sur les doigts d'une main dans ce métier), je déclenche alors une vaste entreprise de nettoyage. Le chiffon à la main, la bombe dans l'autre, nous récurons toutes les chambres ; je remarque rapidement des traces blanches ici et là : sur les rebords de fenêtres, sur les tables de chevet, sur la chasse d'eau des toilettes. Je dis à Lara que les filles devraient utiliser le talc avec plus de parcimonie, en refermant au moins la boîte après s'en être servies… Me regardant en coin avec un petit sourire, elle me demande si je fais exprès d'être idiote. Elle me conseille de mettre ce talc sur le bout de ma langue. Je lui réponds que je ne mets pas n'importe quoi dans ma bouche. Malin comme réponse pour une pute !

Je finis par l'écouter et effectivement, je dois avouer que le talc a vraiment un drôle de goût. Un goût qui m'empêche de parler, ma bouche est toute sèche et je ressens des crispations dans la mâchoire. Lara m'éclaire sur la coke. Je comprends alors mieux l'intérêt que me portent la police. Merci Lara, merci Lucy, mais pour trouver la moindre trace de cocaïne, il va falloir qu'ils se lèvent tôt ! Jamais le Venusia n'aura été aussi propre, et pourtant…

Pour marquer le coup, je file à la première heure dans un laboratoire d'analyses. Où je demande une série de tests pour déceler la moindre trace de stupéfiants dans mes urines. Je connais naturellement le résultat, négatif, même si je m'inquiète d'en avoir mis sur la langue, et je préfère appliquer le principe de précaution… Et pour être encore plus tranquille, je leur suggère même de me couper quelques poignées de cheveux et de les garder dans un bocal pour faire des examens complémentaires, si besoin est.

Des images défilent à toute allure dans ma tête. Je m'en veux aussi d'avoir été si naïve. Je pensais créer une autre famille avec mes filles. Et voilà que j'apprends qu'elles sont prêtes à nous trahir, Daniel et moi, alors que je partage mes repas avec elles tous les jours, que j'héberge gratuitement celles qui n'ont pas d'appartement, que j'en ai présenté certaines à mes enfants.

De cruelles désillusions, mais rien par rapport à celles qui m'attendent lorsque les inspecteurs de la brigade des mœurs reviennent quelque temps après. Ils saisissent mon ordinateur dans la salle commune et le moindre papier qui traîne dans les tiroirs du bureau. Il n'y avait pas grand-chose, le ménage avait été correctement fait. Puis, ils nous emmènent pour nous placer en garde à vue, Daniel et moi. Séparément bien sûr.

Au bout de quelques heures, je quitte ma cellule pour aller me faire interroger. J'apprends alors que plusieurs filles ont signé des dépositions accablantes contre nous. Je ne les ai pas lues, je garde donc le silence. Selon elles, nous les obligeons à se prostituer et pour mieux les exploiter, nous les avons rendues accro à la cocaïne que leur fournit Daniel. Voilà mon mari dans le rôle du dealer, en plus ! Un ensemble de mensonges auxquels la police croit pourtant. C'est une femme inspecteur qui m'interroge, et elle me rappelle une vieille histoire. Celle d'une mère célibataire qui a travaillé avec moi quelques mois auparavant. Un jour, elle me demande si je peux garder son fils de trois ans. « Bien sûr », lui dis-je. Elle me le dépose donc un mercredi matin et il passe la journée à jouer avec ma fille. Ce petit garçon demande souvent : « où est maman ? », je n'y prête pas plus attention que cela. Le soir arrive, aucune nouvelle de sa mère. Pour ne pas inquiéter son petit garçon, je fais comme si cela était normal, comme si nous ne l'attendions pas. Je passe en cachette une bonne vingtaine de coups de fil. Personne ne répond, je ne sais même pas où cette fille habite !

Les heures passant, je comprends bien que la mère ne viendra pas chercher son fils ce soir. Je lui sors donc un pyjama de Leah et je le couche le plus naturellement du monde, en le dorlotant et en lui disant que sa mère arrivera le lendemain. Je commence à m'énerver, m'occuper de mes enfants me suffit largement.

La mère de ce pauvre petit revient finalement deux jours plus tard, au cours desquels elle n'a donné aucune nouvelle ; entretemps, j'ai bien sûr gardé son fils, lui ai acheté des vêtements ; il n'allait ni porter ceux de ma fille, ni ceux avec lesquels il était arrivé !

Et je n'allais ni le confier aux services sociaux, ni l'abandonner devant un commissariat ! Sa seule excuse en poussant la porte de notre appartement est de nous dire qu'elle est sortie en boîte et a « zappé son fils ». Je l'aurais volontiers giflée. Sa conduite n'allait pas faire d'elle une amie mais ni elle, ni moi, n'étions au Venusia pour cela. Comme si de rien n'était, elle a repris le travail avant d'arrêter un mois plus tard. Je n'ai rien fait pour la retenir…

Et voilà que ce soir, dans l'une des salles d'interrogatoire de la brigade des mœurs, sous des néons aveuglants, l'inspecteur me rappelle cette histoire en me disant que si je ne réponds pas à ses questions en lui disant ce qu'elle souhaite entendre, elle sortira la déposition de cette femme qui m'accuse quasiment d'avoir séquestré son enfant ! Avant de rajouter :

« Avouez que vous êtes en manque et on en finira plus vite.

— Bien sûr que je suis en manque… d'un verre d'eau », lui répondis-je.

Une réponse qui ne la fait pas rire mais qui me renvoie directement dans ma petite cellule très propre et très étroite. Allongée sur un bat-flanc de béton, blottie sous ma couverture, je pense à Daniel. J'ai le sentiment d'avoir gâché ma vie. Si je ne crois toujours pas au vaudou, je ressens tout de même une furieuse envie de planter quelques aiguilles dans les photos des filles qui nous ont menés ici. Là où ça fait mal de préférence.

Chapitre 11

Vingt-quatre heures plus tard, je ressors libre du tribunal. Contrairement à Daniel qui a moins de chance. En fait, les filles qui travaillent au salon l'accusent de prendre une commission qui oscillerait entre 60 et 70 % ! Aux yeux de la loi suisse, il est donc coupable de pratiquer l'usure. Ces mensonges l'envoient directement à la prison de Champ-Dollon. J'ai à peine eu le temps de le croiser, de l'apercevoir devant la porte du bureau du juge d'instruction. Mais nous n'avons pu ni nous parler, ni nous toucher. Cette nouvelle me frappe de plein fouet. Je commençais à construire quelque chose, tout au moins, je le pensais et me voilà victime d'une attaque terrible, de la part de filles que je prenais pour mes amies.

Je ne dois pas me laisser abattre, au contraire je dois faire front pour sortir Daniel de l'enfer. Ce n'est pas un criminel, la prison n'est pas son monde. Contrairement à d'autres prisonniers, il n'avait tiré aucune fierté de son séjour à Fleury-Mérogis, et aurait payé cher pour effacer définitivement cet épisode de sa mémoire. Je ressens une profonde injustice en rentrant à la maison. Les enfants sont inquiets, heureusement, ils n'ont pas été seuls durant notre absence ; comme d'habitude, Asunción, notre fidèle gouvernante paraguayenne, veille sur eux. De jour comme de nuit, elle vit à la maison avec son fils. Ils font partie de la famille. Pendant que nous étions en garde à vue, Asunción a refusé d'ouvrir la porte aux inspecteurs qui venaient perquisitionner notre appartement, il a fallu ramener Daniel pour qu'elle accepte de l'ouvrir… Heureusement, à cette heure, les enfants étaient à l'école. Mais comment expliquer à Leah que l'incarcération de son père ne repose sur rien ? Qu'il est victime des filles que j'accueille pourtant chez moi ?

J'ai des envies de meurtre envers ces femmes qui anéantissent tout notre travail. Mais je dois garder la tête froide, pour mon mari, pour les enfants, pour moi. Depuis que nous sommes ensemble, Daniel m'enseigne le pragmatisme. Après la théorie, il est grandement temps pour moi de passer aux travaux pratiques. Notre fidèle avocat, celui qui a réussi à obtenir mon sésame, travaille d'arrache-pied. Selon lui, les charges devraient diminuer. Elles reposent sur des déclarations qui ne sont étayées par aucune preuve formelle. Il constate aussi que les interrogatoires des filles se sont anormalement éternisées pour leur faire signer des dépositions « dictées » par les policiers.

Bien sûr... mais pendant ce temps-là, Daniel reste derrière les murs épais de Champ-Dollon, une prison certes construite au milieu des arbres qu'il aperçoit en s'accrochant aux barreaux de sa cellule. Quelle maigre consolation !

Mon Venusia de la place du Cirque est en difficulté. Difficile de retravailler avec ces filles qui, j'en suis convaincue, n'oseraient même plus me regarder dans les yeux ! Et puis Lucy me manque, nous avons interdiction de communiquer pendant toute l'instruction (et elle durera quatre ans)... Je ressens aussi une vraie injustice en pensant que si je vais me plaindre à la brigade des mœurs, personne ne m'écoutera, j'en détiens la preuve après cette garde à vue dégradante. Mes filles, en revanche, ont pu distiller leur venin, aussi facilement que l'eau qui s'écoule dans le caniveau. J'ai horreur de m'apitoyer sur mon sort, mais cette fois-ci mon moral est au plus bas.

Heureusement, Daniel est finalement libéré. Au bout de quatre jours. Notre avocat a accompli une fois de plus, un bon travail. Mon mari, mon amour, est marqué, qui ne le serait pas ? Physiquement, il a les traits tirés, ses yeux, d'habitude si pétillants, sont soulignés par de larges cernes noires. Comme le mien, son moral n'est pas au beau fixe, en dépit de cette libération qui n'était pas acquise au vu des témoignages qui l'accablent. La rage chevillée au corps, Daniel s'estime victime d'une énorme injustice. Et je ne peux qu'acquiescer.

Les filles du Venusia observent naturellement un silence radio assourdissant. Pas de nouvelles, bonnes nouvelles, affirme la sagesse populaire. Certes, mais mon business est en péril, tout du moins le versant patronne de bordel. Personnellement, je n'ai aucun souci, mon portable d'escort sonne sans arrêt, les clients se bousculent. Mais je ne peux m'empêcher de penser aux filles qui nous ont trahis.

Justement, le sentiment de m'être fait avoir, d'une manière que je n'aime pas, me donne une hargne insoupçonnée. Je me jure que plus jamais je ne vivrais une situation identique. Assez rapidement, Daniel se ressaisit aussi. Après une discussion en tête à tête, nous décidons de voir cette fois les choses en grand. Il nous faut anticiper toutes les failles législatives qui pourraient nous mettre en péril. Chat échaudé craint l'eau froide paraît-il, eh bien, il va s'agir de ne plus jamais se retrouver sous une douche d'eau froide justement !

Première riposte : nous contestons la procédure qui nous vise. Une voie sans doute longue et coûteuse, mais qu'importe, notre honneur est en jeu. Que pèse l'honneur d'une pute ? Voilà une bonne occasion de le découvrir. Je ne sais pas encore que je me lance dans un chantier de longue haleine, mais même si je l'avais su, je n'aurais pas reculé devant cette course d'obstacles...

Et comme les ennuis n'arrivent jamais seules, le propriétaire de la place du Cirque nous somme de quitter les lieux. Il est en droit de l'exiger, notre bail n'étant pas destiné à l'activité de salon érotique. Nous tâchons de gagner du temps en utilisant toutes les subtilités juridiques pour contraindre la régie immobilière à négocier. Ce n'est pas gagné d'avance et cette procédure se révèle être, comme toujours, un gouffre financier. Qui tombe au mauvais moment alors que le Venusia tourne au ralenti avec toute cette mauvaise publicité.

Je revois quelques filles, certaines reviennent en ayant compris avoir scié la branche sur laquelle elles étaient assises. Alors elles s'épanchent sur mon épaule, comme s'il ne s'était absolument rien passé. Je ne laisse transparaître aucune colère, la meilleure manière de recueillir leurs confidences qui vont me permettre de comprendre les mécanismes qui m'ont conduite à la catastrophe. Confirmation m'est donnée que la révolte a été fomentée par Julie et Eva. En me faisant tomber, elles pensaient récupérer ma clientèle et ainsi pouvoir voler de leurs propres ailes. Quelle naïveté ! Une clientèle de bordel n'est pas aussi maléable. Elle aime la stabilité, la « marque », hors j'en suis devenue une avec mon site qui marche très bien et mon rating qui reste excellent malgré la concurrence qui chaque jour, se fait plus grande à mesure que de nouvelles filles arrivent sur le marché.

Les deux traîtresses finissent par ouvrir leur salon, chacune de leur côté. Celui de Julie dure quelques semaines, l'autre survit quelques années. Des salons comme on en trouve partout à Genève, c'est-à-dire un appartement dont les pièces ressemblent à des cabines d'esthéticienne, proches des salons de massage chinois qui pullulent désormais à Paris. Aucune intimité, aucune fantaisie, aucun appel au plaisir. Soit le degré zéro du bordel... enfin, d'après moi. Mes fidèles clients ne choisissent donc pas la voie de l'exode, même si certains sont forcément moins confiants après toute cette histoire. Je ne peux même pas leur en vouloir, pas un homme respectable n'a envie de se faire attraper, au mieux le pantalon sur les chevilles, au pire nu comme un ver, mais dans tous les cas en compagnie d'une prostituée. Surtout pour un Suisse qui place sa réputation au-dessus de tout. Toujours dans le collimateur de la justice, je ne suis pas à l'abri d'une nouvelle descente des mœurs. Ce n'est un secret pour personne.

Daniel a enfin digéré son séjour à Champ-Dollon. Il possède désormais une fine connaissance de la procédure. Toujours sur ses gardes, il prête attention au moindre détail. Une attitude qui n'est pas pour me déplaire, car de mon côté, je n'ai pas envie de me plonger dans les manuels de droit mais je commence à imaginer un nouveau Venusia. Un endroit comme il n'en existe pas à Genève, ni dans toute la Suisse d'ailleurs. Un cas unique, avec des chambres taillées sur mesure pour la luxure. Pour y arriver, nous devons construire sur le long terme. Pas question de continuer à déménager d'un appartement à l'autre, en se contentant de repeindre les murs en rouge avant d'y accrocher quelques gravures licencieuses, histoire d'éveiller la libido de ces messieurs. A l'heure où le porno déferle en masse, et gratuitement sur Internet, réveillant le Rocco Siffredi qui sommeille en chaque homme, il en faut davantage pour que tous les mâles de la place débarquent chez moi, avec l'assurance de passer un bon moment. Il faut aussi que cette fois, tout soit carré, suisse en un mot.

Chapitre 12

Un début de miracle arrive neuf mois plus tard, un propriétaire compréhensif accepterait de nous louer ses locaux, avec un bail de salon érotique. C'est un rez-de-chaussée, rue Rodo, dans un quartier bien situé, en plein centre-ville. L'association de football portugaise n'a plus les moyens de payer le loyer, ils résilient par conséquent une partie de leur bail. L'Arve, rivière de Genève, affluent du Rhône, coule paisiblement au bout de cette petite rue dont le calme contraste avec l'animation de ce quartier universitaire bourré de pubs et de restaurants. Ce n'est pas la clientèle estudiantine qui m'attire. Sexuellement les jeunes ne m'excitent absolument pas. Je les refuse toujours, sauf lorsque je me laisse piéger au téléphone par une voix me paraissant mature. Cela m'est déjà arrivé avec de jeunes gens qui voudraient se taper la fameuse Lisa. Honnêtement, je suis toujours très mal à l'aise, je ne peux m'empêcher de penser à mes fils. Une sensation très désagréable.

En fait, pour moi, le meilleur avantage de la rue Rodo est qu'elle accueille déjà trois salons. Le client sait par conséquent qu'il y trouvera ce qu'il veut. S'il ne rencontre pas une fille à sa convenance dans un salon, il lui suffit de sonner à la porte voisine. Avant de signer, le propriétaire mène tout de même son enquête de moralité, une procédure classique en Suisse. Notre solvabilité est passée au crible. Même les parents de Daniel sont mis à contribution par les enquêteurs. Une pression supplémentaire pour lui. Marié à une pute, ce qui ne ravit pas forcément sa famille, le voilà contraint de se porter caution pour que je puisse ouvrir mon salon érotique, alors qu'il n'a aucune envie de s'en occuper. Seulement, à force de subir et de me voir me débattre dans ce no man's land juridique, m'aider côté business lui semble tout à coup absolument normal. Surtout avec l'esprit de revanche qui l'anime depuis son séjour forcé dans sa cellule de Champ-Dollon.

A mon grand soulagement, le propriétaire finit par accepter notre candidature. En faisant le tour du local, selon l'expression consacrée, je suis aussi excitée qu'une petite fille dans un magasin de poupées. Je n'ai qu'une envie : pousser les murs... transformer ces bureaux en un lieu de plaisir irrésistible. Quatre chambres, une salle commune, une cuisine, deux douches, deux WC et enfin, un bureau pour moi toute seule, quitte à me priver d'une chambre supplémentaire, terminé mon ordinateur trônant au milieu de la salle commune, au vu et au su des autres filles, comme avant : voilà mon plan immédiat... Un minimum d'intimité m'est nécessaire pour mener mes affaires comme je l'entends. Fini mon côté pute au grand cœur... L'histoire reste à écrire. Une fois de plus.

Dans mes rêves, les chambres doivent être un appel au sexe... mais aussi un supplément d'âme ! Je m'explique : je veux transporter mes clients ailleurs, leur faire oublier la grisaille quotidienne, la pression qu'ils subissent dans leur entreprise, l'ennui de la vie conjugale. Loin de moi l'idée de briser des couples, mais mon expérience me prouve que la majorité des hommes qui

« consultent » des putes le font par défaut. Pour pallier ce qu'ils ne trouvent pas à la maison. Le refus de certaines pratiques sexuelles de la part de leur compagne et l'ennui qui finit par ruiner la majorité des mariages – alors qu'un simple 69 peut sauver un couple. Un triste constat, certes. Mais, il laisse augurer aussi des lendemains qui chantent pour les putes comme moi… Et cette fois-ci, je compte bien réussir et ne plus me laisser avoir.

Heureusement, les travaux m'occupent suffisamment pour reléguer ces soucis au second plan. Je vois toujours grand-mère, son soutien indéfectible, malgré les difficultés que j'ai connues, agit comme un baume au cœur. La pauvre traverse pourtant une passe difficile. La solitude toujours, et puis elle se casse le coude, après le poignet ! Un sacré pépin qui va l'obliger à porter un plâtre pendant presque une année. Il m'arrive souvent de lui faire ses courses ; quoi de plus normal, elle fait partie de ma famille. J'admire son courage aussi, qu'il pleuve ou qu'il vente, elle continue à marcher des kilomètres pour promener ses chiens. Une femme admirable comme j'en ai rencontrées trop peu dans mon existence.

J'ai envie de l'associer au Venusia « nouvelle recette ». Un soir, chez elle, autour d'une tasse de thé, je lui expose ma manière de voir les choses. Grand-mère m'écoute attentivement sans rien dire, un petit sourire en coin barre son visage, certes ridé, mais empreint d'une élégance tout aristocratique. Ses rides ne sont que des gouttières évacuant les vicissitudes de la vie, me dis-je en l'observant dans la semi-pénombre qui baigne son appartement. Tout à coup, elle croise ses deux mains et, sortant de son silence, me dit : « Ma chérie, ce que tu me demandes est délicat, je veux bien t'aider mais à une condition : que tu réalises quelque chose d'extraordinaire, il faut voir les choses en grand. Et surtout que nous soyons fières toutes les deux de ton bordel. »

Je ne suis pas de nature très expansive mais en l'écoutant, je ressens une furieuse envie de la prendre et de la serrer très fort dans mes bras. Son plâtre m'en empêche. Je la rassure : bien sûr, je n'ai aucune envie de faire les choses au rabais ! Au contraire ! Et que grand-mère m'épaule dans cette voie me stimule encore davantage.

Visiblement, le téléphone arabe fonctionne à merveille. Mon retour aux affaires se propage à la vitesse grand V dans le petit monde de la prostitution. Certaines filles de la place du Cirque reviennent me voir pour me proposer leurs services. Celles qui n'ont pas enregistré de déposition contre nous, les autres s'abstiennent, avec raison, vu l'accueil que je leur aurais réservé. Mais quelque chose est irrémédiablement cassé. Impossible de faire du neuf avec du vieux, un dicton trop réducteur dans mon cas... Je consens pourtant à reprendre une fille, une Black, pas la délicieuse Mya qui a sagement repris ses études d'aide-soignante, avec ma bénédiction. Une des filles justement qui a déposé contre nous auprès de la police. J'hésite avant de donner ma réponse mais mon avocat me donne un argument qui finit par me convaincre... Si elle fait des pieds et des mains pour revenir de son plein gré, les mauvais traitements dont elle a soi-disant souffert ne sont que mensonges, à moins qu'elle ne soit complètement masochiste ! Une pièce à glisser dans le dossier qui m'oppose toujours à la justice. Un dossier à l'issue incertaine qui me réveille souvent en pleine nuit, dois-je avouer, même si je ne montre rien à mon entourage.

Pour combattre l'angoisse, rien de mieux que l'action. Je me lance donc à corps perdu dans le chantier. Pendant ce temps-là, grand-mère écume les brocantes, les antiquaires à la recherche de mobilier et de tableaux. Mais comme dans une fouille archéologique, chaque jour qui passe réserve son lot de surprises. Je ne le savais pas mais le sous-sol héberge un abri antiatomique. Une situation qui n'a rien d'extraordinaire en Suisse. Mais dans ce cas, il est interdit de construire des salles de bains au-dessus, parce qu'on ne peut pas percer le sol. Je suis donc contrainte de changer mes plans et de les installer dans le couloir, hors des chambres, comme je le prévoyais à l'origine.

Des contrariétés qui ne pèsent pas lourd à l'heure où ma grand-mère équipe les chambres avec des lits anciens qui lui rappellent sans doute les histoires de princesse qui la faisaient rêver petite fille. Le chantier m'accapare jour et nuit. Je surveille le moindre détail. J'ai les lits qui grincent en sainte horreur, c'est le cas de celui qui atterrit dans la chambre « Safari ». Un matelas moderne et un lit du XIXe siècle ne sont pas forcément faits pour s'entendre ! Toujours est-il qu'il faut résoudre ce problème au plus vite ! Si les soupirs d'une courtisane restent l'un des meilleurs aphrodisiaques, un lit qui couine, en revanche, prodigue le pire des agacements...

Durant les travaux, grand-mère passe sa vie au salon pour restaurer les meubles qu'elle a chinés. Je suis parfois gênée de la voir croiser des clients qui sortent nus de leur chambre. Heureusement la plupart s'entourent le bassin d'une serviette comme celui qui s'arrête dans le couloir pour discuter avec elle, sans s'apercevoir, cependant, que celle-ci ne couvre pas entièrement son corps. Grand-mère qui n'a pas sa langue dans la poche lui dit qu'elle n'a jamais vu d'aussi jolies fesses en trente-cinq ans ! Un compliment sans doute flatteur pour mon client qui ne pouvait pas savoir que grand-mère n'avait plus vu un fessier masculin depuis son divorce !

Par amour filial mais aussi par pudeur, je n'ai pas encore dévoilé mon activité à mes parents. J'avais un peu honte. Mon frère cadet, qui habitait Paris, avait fini par le comprendre, l'un de ses amis était un client. Je ne pouvais pas savoir que lors d'un rendez-vous avec lui, j'allais tomber nez à nez avec mon frère dans le bureau de mon client ! Il garda le silence longtemps, sans se priver de lâcher quelques réflexions acerbes, lors des réunions de famille, par exemple.

Alors que les travaux du rez-de-chaussée, du côté jacuzzi, sont arrêtés, je téléphone à mon père pour lui demander de l'aide, prétextant l'économie de quelques heures de travail... Maçon dans l'âme, mon père a bâti la maison familiale de ses propres mains et il largement participé à la construction de celles de mes frères ! Une bonne occasion aussi de lui faire découvrir mon Venusia. Ainsi, grâce à son aide, la chambre « chalet suisse » est recouverte de lambris sur la partie basse des murs, le plancher et le sol.

A cette occasion, je partage finalement plus de temps avec lui que durant les six ou sept précédentes années ! Il carrelle également les douches avec une rare méticulosité. De leur côté, les ouvriers se mettent en quatre pour ce chantier qui sort de l'ordinaire, jugent-ils. Je ne vais pas leur donner tort... Ils ne tarissent pas d'éloges et n'arrêtent pas de dire à mon père combien leur fille est formidable. « Dire que c'est la première fois que je viens dans un bordel et c'est chez ma fille ! », dit-il à ma mère qui contribue elle aussi à la pose du carrelage. En arrivant, il m'a également offert une carriole tirée par deux petits chevaux de bois. Elle trône aujourd'hui encore dans la chambre « Chalet suisse » du rez-de-chaussée.

De son côté, Daniel surveille les finances mais je sens qu'il n'a pas envie de s'investir à 100 % dans le salon. Cependant, je sais qu'il me fait confiance au moins autant qu'il m'aime. Toujours prêt à rattraper mes erreurs et mes faux pas, il exerce une activité parallèle dans le domaine de la finance qui lui permet de rester intellectuellement très actif. Je lui en demande parfois trop, mais même s'il bougonne de temps en temps, Daniel se plie en quatre pour mon plaisir, quand mon navire vogue par vent debout et que je me heurte à la complexité des chiffres.

Vous vous demandez sans doute ce que peuvent bien se raconter un couple de proxénètes dans l'intimité. Peu ou prou, la même chose que n'importe quel autre couple, finalement. Les enfants, les problèmes d'argent, les prochaines vacances, savoir s'il faut investir dans un nouvel appartement ou dans une résidence secondaire…

Comme je vous l'ai déjà dit, mes trois enfants sont tout à fait au courant de mes activités. Pour rire, Pierre dit toujours : « A la maison, on ne dit jamais putain mais maman travaille. » Mon métier n'est pas anodin, beaucoup pensent que je vends mon corps alors que, personnellement, j'estime vendre une prestation. Ce n'est pas exactement la même chose. Mais comment expliquer cela à ses enfants ? Leur estime m'est précieuse. Je ne veux surtout pas qu'ils me considèrent comme une de ces prostituées dépeintes depuis des siècles comme de pauvres victimes. Je veux leur faire comprendre que j'ai choisi cette voie en toute connaissance de cause, animée par une ambition dévorante que je veux transmettre à celles qui partagent ma vision.

Lily en fait partie. Cette Parisienne m'appelle en me disant qu'elle a entendu parler de moi, de mes projets et qu'elle rêve de travailler dans un bordel, un vrai fantasme, me précise-t-elle. Je suis justement de passage à Paris, je lui donne rendez-vous dans un café de la Bastille. Je découvre une jolie fille à l'air mutin, vêtue simplement d'un jean et d'un gros pull en laine, un look à l'opposé de celui qu'on imagine chez les putes. En revanche, je ne tarde pas à m'apercevoir que Lily adore le sexe, elle fréquente les clubs échangistes depuis l'âge de vingt ans et adore la mythologie des maisons closes, me confie-t-elle. Elle est prête également à mettre sa carrière entre parenthèses, tellement son travail de cadre supérieure l'ennuie. Cette fille a manifestement une intelligence au-dessus de la moyenne, elle m'affirme être diplômée d'une grande école française, l'une des meilleures. Je ne vous dirai pas laquelle, je précise seulement que ce n'est pas l'X, la coïncidence aurait été trop drôle.

Nous restons ensemble pendant deux heures, deux heures durant lesquelles elle passe régulièrement sa main dans sa longue crinière rousse en me posant de multiples questions sur le fonctionnement du Venusia. Comment sont les filles, les clients, les chambres ressemblent vraiment à celles des maisons closes d'antan ? Fidèle à mon habitude, je lui réponds sans rien lui cacher, je lui explique aussi en détail ma gestion des tarifs. Tout lui convient, elle a vraiment envie de vivre cette expérience. Avec sa règle d'or « je suis excitée par ce qui excite les mecs », elle ne risque pas de s'ennuyer… Je sais aussi d'instinct que Lily arrêtera quand elle aura fait le tour de la question. Et à ce moment-là, sa tête bien faite l'empêchera de se retrouver à la rue, je suis prête à en mettre ma main au feu. Comment pourrais-je dire non à une telle recrue ? Une décision que je ne vais pas regretter le long des deux ans que va durer notre collaboration. Tant sur le plan professionnel, qu'amical.

Effectivement, Lily détonne rapidement parmi les autres filles du Venusia. Par son entrain, sa joie de vivre et même si contrairement à certaines de ses collègues elle ne s'intéresse pas vraiment à la mode, à la chirurgie esthétique et aux boîtes de nuit, elle ne s'est jamais ennuyée au Venusia.

Elle ne pense qu'au travail. Elle arrive en semaine à midi et reste jusqu'à 1 heure du matin. Changement de rythme le vendredi où elle prend son service de nuit, soit de 17 heures à 9 heures du matin. Une cadence soutenue. L'insatiable Lily tient bon la barre en carburant au grand café, et aux petits et moyens sexes.

Nous discutons souvent toutes les deux, elle m'explique que la nuit commence à la fatiguer mais qu'elle aime toujours être réveillée par un client débarquant en pleine nuit pour se retrouver, un quart d'heure plus tard, à s'envoyer en l'air avec lui dans une chambre. Nous parlons aussi de choses intimes, de nos amours. Nous avons souvent des débats sur la fidélité. Pour Lily, elle ne passe absolument pas par le sexe. Je la fais toujours beaucoup rire en lui expliquant ma théorie sur le sujet. Ce n'est pas parce que je pratique le sexe à longueur de journée avec des étrangers que Daniel a carte blanche de son côté, bien au contraire. Seuls les sentiments comptent, lui dis-je. Daniel peut me tromper à une condition : qu'il aille avec une pute, mais pas plusieurs fois avec la même. Et qu'il ne s'avise surtout pas de prendre une maîtresse ! Je me souviens encore de l'air perplexe de Lily, ne sachant pas si ce que je disais était sincère ou non. C'est pourtant la stricte vérité, il ne faut jamais mélanger travail et amour. Mais le plus important reste qu'avec Lily, je découvre une sœur, une autre femme libre.

Je parle de liberté mais je sais que des femmes, prises dans les filets de réseaux mafieux sont toujours forcées de se prostituer, de la pire des manières, sans aucun libre arbitre. Des femmes ravalées au rang d'esclaves. Une situation intolérable que je combats à ma manière, avec ma maison close, lieu strictement privé ouvert au grand public…

Alors que le Venusia « nouvelle recette » commence justement à prendre son rythme de croisière avec une nouvelle équipe d'une dizaine de filles, le propriétaire m'annonce que le premier étage sera bientôt libre, le cabinet médical qui l'occupe ayant dénoncé son bail. Problème, je dois donner ma réponse rapidement, sous peine de voir l'affaire me filer sous le nez. De nouvelles perspectives forcément alléchantes… Daniel est moins partant. Pour des raisons financières surtout. Mon ambition de monter le plus grand, et le plus atypique, salon de Genève l'effraye un peu. Je ne peux pas lui en vouloir, connaissant parfaitement les rouages financiers, il a déjà calculé les remboursements conséquents que mes fantasmes vont coûter. Le propriétaire me relance une fois encore pour savoir si nous sommes vraiment intéressés par cette opportunité. Quelle tentation ! Daniel campe toujours sur ses positions. Il faut sacrément investir pour en faire quelque chose de bien, juge-t-il avec raison.

En même temps, il est clair que ce nouveau projet professionnel va changer notre situation familiale. Daniel ne peut plus mener deux activités de front. J'ai pleinement conscience de lui en demander toujours plus. J'ai en moi une âme de chef de famille. Mon mari est un homme très terre à terre et il déteste perdre le contrôle de sa vie. Cette expansion va l'obliger à changer d'orientation ; et comme le lui fait remarquer sa mère : « avoir fait un MBA dans une des meilleurs écoles d'Europe pour finir maquereau ? Quel gâchis ! » Elle n'a certes pas tort ; mais n'a-t-il pas déjà refait sa vie avec une… pute ? Quelques concessions s'imposent dès lors.

De vraies questions se posent aussi, sans faire de mauvais jeu de mots : aurai-je les reins assez solides pour obtenir des résultats rapidement ? Le sexe n'étant pas une science exacte, et c'est tant mieux, il est encore trop tôt pour y répondre avec certitude.

Sans l'avouer, je doute aussi. Sans vouloir me décharger de mes responsabilités, je demande à mon mari d'appeler le propriétaire pour lui annoncer que nous renonçons. C'était un mercredi, je crois. A 14 heures, je téléphone à Daniel pour savoir s'il a eu le propriétaire. « Non », me répond-il. Je m'en charge, lui dis-je alors. Comme s'il attendait mon appel, le propriétaire décroche tout de suite. « On signe quand pour le premier étage ? », lui dis-je. Je m'interroge encore pour savoir comment j'ai pu prononcer cette phrase, alors que je voulais dire exactement le contraire. Le propriétaire pose alors une condition : Daniel et moi devons nous constituer solidaires l'un de l'autre, « au cas où », précise-t-il. Voilà comment je mets Daniel devant le fait accompli, une fois de plus.

Chapitre 13

Avant de me lancer en agrandissant mon salon, je veux tester le fonctionnement quotidien d'un bordel dans un autre pays européen que la Suisse. L'Allemagne et ses Eros Center me semble un bon choix, vu la proximité de nos cultures. Eternelle étudiante, Lily tient absolument à m'accompagner pour approfondir sa connaissance des maisons closes. Sa proposition me fait chaud au cœur, nous serons naturellement plus fortes à deux et surtout, nous pourrons confronter nos expériences à l'heure du bilan. Et en plus, elle parle allemand. Je contacte donc par téléphone l'un des principaux Eros Center de Francfort. « Nous sommes deux Françaises, nous avons envie de travailler en Allemagne », dis-je en substance. Mon interlocuteur ne semble pas enthousiaste. Les candidatures françaises ne sont pas légion, me répond-il. Sans me démonter, je lui expose nos motivations, l'argent et le sexe forcément, surtout pas que nous venons pour étudier le fonctionnement d'un Eros Center. De sa voix monocorde, il finit par accepter de nous recevoir. En lui posant quelques questions, j'apprends que l'immeuble comporte six étages à raison de dix chambres par étage, que des chambres sont toujours disponibles, à condition de verser 130 euros par jour. Un tarif qui garantit aussi la fourniture de préservatifs à volonté *(sic)* et la présence permanente d'agents de sécurité. Six étages ! J'imagine déjà le nombre de filles qui y travaillent. Une véritable usine du sexe.

Ne sachant combien de temps allait durer notre escapade, nous prenons le train en tirant toutes les deux une grosse valise remplie de lingerie, vraiment excitées par la perspective de découvrir un monde inconnu. Si Lily s'enthousiasme déjà à l'idée de vivre un truc un peu trash, je suis plus réservée. Je veux surtout tester les bons côtés, les mauvais aussi pour retenir ce qu'il faut prendre ou jeter pour mon futur Venusia.

Francfort, nous voilà ! A peine descendues du train, nous grimpons dans un taxi qui nous mène à l'Eros Center en quelques minutes, un établissement situé en plein centre-ville... Un immeuble, imposant avec ses néons rouges qui affichent la couleur, un établissement à des années-lumière des petits salons érotiques de Genève cachés dans un appartement discret d'un immeuble de rapport.

Le gérant nous reçoit, un homme pas sympathique de prime abord, pas complètement désagréable non plus. Carré disons, surtout lorsqu'il nous explique le fonctionnement de l'établissement, l'emplacement des pièces communes, les cuisines, etc. Il me répète les conditions financières que je connais déjà. Il nous demande aussi si nous souhaitons rester au même étage. Deux chambres sont libres au 6ᵉ, sinon, l'une de nous rejoint le 4ᵉ et l'autre le 5ᵉ. Nous choisissons naturellement la première solution, nous devons nous serrer les coudes.

Nous ne savions pas alors que l'immeuble n'a pas d'ascenseur, sauf pour le service. Nous voilà dans l'escalier avec nos deux valises. A chaque palier, nous voyons les filles qui attendent dans les couloirs, sans fenêtres, chichement éclairés par des petites loupiotes et avec en permanence un fond de musique techno. Partout, des caméras vidéo, un bon gage de sécurité, c'est toujours ça ! Les clients, beaucoup de Turcs et de Maghrébins, errent au milieu et choisissent la fille de leur choix avant de s'engouffrer dans une chambre. Un scénario qui se répète à chaque étage. Nous arrivons au 6e, il comporte dix chambres toutes identiques. Elles sont correctes, pas très grandes mais propres et fonctionnelles. Un lit, une table de chevet, une douche avec WC, les clients ne viennent pas pour discuter, la passe est à 30 euros et le tout est expédié en 20 minutes maximum. Vous qui rêvez de glamour ou d'une pute au grand cœur qui s'enquiert des nouvelles des enfants après une bonne séance de sexe, passez votre chemin, vous n'avez pas sonné à la bonne porte. Une mauvaise surprise : les draps et les serviettes de bain ne sont pas prévus dans le forfait quotidien. Une dépense supplémentaire donc, nous redescendons les six étages pour en acheter et faire le plein de nourriture en même temps.

Encore une fois, je ne suis pas venue ici pour critiquer mais pour comprendre. Je constate rapidement que les filles ne sont pas prisonnières, elles peuvent sortir quand bon leur semble mais le système économique est si dur qu'elles se retrouvent finalement exploitées. Le calcul est simple : la chambre coûte 130 euros par jour, 100 au mieux si elles la louent au mois, le rapport sexuel est à 30. Chaque fille doit donc faire quatre passes en moyenne juste pour avoir le droit de travailler. Son bénéfice arrive à partir du 5e client !

Une cadence usante physiquement, sept, huit clients par jour, c'est énorme !

D'autant qu'ici, les hommes ne viennent que pour des pénétrations. J'en parle avec Lily qui s'éclate, malgré tout. Elle réalise son fantasme : se faire baiser par un maximum de mecs pour un minimum d'euros. Lucide, Lily m'avoue toutefois qu'elle ne tiendrait pas longtemps à ce rythme. Les conditions au Venusia sont plus confortables, on se sert davantage de nos bouches, c'est moins fatigant pour le physique, résume-t-elle. Et surtout, ça rapporte plus. Je suis bien d'accord.

Nos voisines de chambres sont de très jeunes Hongroises dont l'âge varie de dix-huit à vingt-deux ans. Généralement très belles, fines et blondes, elles sont là pour longtemps, deux mois d'après ce que nous comprenons, l'une vit même avec son chien dans la chambre, comme si elle avait élu domicile dans l'Eros Center. Toutes ont également accroché des posters aux murs de leur chambre afin de les rendre moins impersonnelles. Elles sortent généralement très peu, afin de limiter les dépenses, une aubaine pour les livreurs de pizzas qu'elles commandent à la chaîne.

Nous finissons aussi par comprendre pourquoi nous sommes parquées au 6e, l'étage de la relégation, en quelque sorte. Le gérant voulait sans doute nous tester… Ne pouvant prendre l'ascenseur, rares sont les clients qui montent directement au sommet de l'immeuble avant de redescendre pour trouver la fille qui leur convient. Ils parent au plus pressé, donc plus on est haut, moins les hommes sont nombreux, alors qu'ils sont plusieurs milliers à défiler quotidiennement dans les couloirs de cet Eros Center !

Le fait qu'il y ait moins de clients en « altitude » exacerbe également la concurrence entre les filles. Mais qu'elles soient au 1er ou au dernier, elles traitent toutes les clients avec beaucoup de hargne. Qu'ils décampent le plus rapidement possible semble être leur but. Lily au contraire se comporte avec sa gentillesse habituelle, elle montre surtout qu'elle prend du plaisir, elle est venue pour ça alors que nos voisines négligent leur prestation.

Lily, comme moi, ne parlons pas beaucoup avec elles. A quoi bon ? Nous sommes trop vieilles, jugent-elles... Mais contre toute attente, nous sommes assez populaires pour des vieilles. Un phénomène qui a dû interpeller nos Hongroises. L'une ou l'autre a dû voir d'un mauvais œil cette concurrence qu'elles estiment sans doute déloyale. Alors pour en avoir le cœur net, elles ont envoyé un client-espion chez Lily pour savoir si nous cassions les prix... Ce qui n'était pas le cas, nous travaillions au même tarif que tout le monde. Les prestations en revanche sont plus soignées... La riposte ne se fait pas attendre... Alors que Lily sort dans le couloir après en avoir terminé avec son client, plusieurs filles lui tombent dessus et l'agressent en allemand. Elles se plaignent de notre attitude, en criant que nous en faisons trop. Nous leur répondons que nous faisons juste notre boulot. Une réponse qui les rend hystériques. Elles menacent Lily, leurs mecs vont l'attendre à la sortie ! Pauvres filles, elles sont exploitées ici et, en plus, un mac les attend dehors. Un cauchemar.

Nous en avons assez vu Lily et moi. Nous abrégeons cette expérience, qui a duré 48 heures montre en main. Alors que nous donnons notre congé, le gérant, beaucoup plus sympathique qu'à notre arrivée, nous propose de rester, nous pouvons même descendre nos bagages par l'ascenseur, voire intégrer des chambres dans les étages inférieurs. La preuve qu'il sait que nous assurions drôlement. Je décline gentiment la proposition de cet exploitant non parce que la situation est mauvaise mais parce que le système ne nous convient pas ! Pourquoi s'en faire ? Lily a vécu l'un de ses grands fantasmes. Et je suis désormais convaincue que ce fameux modèle allemand n'est définitivement pas ma tasse de thé.

Chapitre 14

Ce séjour conforte en tout cas ma décision d'agrandir le Venusia, en le façonnant à ma manière. A mon retour d'Allemagne, je convoque toutefois un conseil de famille. Les enfants, Daniel et moi nous retrouvons autour de la table de la salle à manger. Je veux m'assurer que tout le monde adhère à mon plan. J'expose clairement le problème : « L'argent que je vais investir dans le Venusia pourrait nous permettre d'acheter une maison et donc de quitter notre appartement. Que préférez-vous, la maison ou que j'aille au bout de mes rêves avec le salon ? » Kevin, Pierre et Leah répondent comme un seul homme : « Le Venusia car nous pourrons acheter une plus grande maison plus tard... »

Ce consensus familial me va droit au cœur. Alors que je pourrais me contenter de gérer mon rez-de-chaussée en bonne « mère de famille », sans prendre de nouveaux risques. J'ai de nouveau une bonne équipe avec Lena notamment, mon Ukrainienne toujours aussi solide. Je sais que je peux m'appuyer sur elle. En dépit d'une maîtrise de la langue française qui laisse encore un peu à désirer ou d'un franc-parler capable de dérouter le client. Une anecdote à ce propos : un de mes fidèles clients débarque un jour au salon avec de nouvelles envies. Pas de problème, nous sommes là pour assouvir ce genre de pulsions. Bref, il veut pimenter nos ébats avec une fille supplémentaire. Je convoque Lena sans réfléchir, c'est une très bonne partenaire pour ce genre d'exercice.

Nous montons dans la chambre, nous prenons une douche avec notre client, une étape préliminaire qu'ils apprécient toujours et nous nous allongeons ensuite sur le lit, chacune au niveau du bas-ventre de notre client pour lui faire une fellation à deux bouches. Tout à coup, Lena relève la tête et me demande s'il est normal qu'un homme ait un aussi petit sexe. Je lui réponds sur le ton de la plaisanterie qu'il va vite grossir dans nos bouches. Au lieu de s'arrêter là, Lena continue en me demandant si j'en avais déjà vue une aussi petite ! Je ressens un début de gêne, je lui jette des œillades pour qu'elle se taise mais je fais l'erreur de lui dire que la semaine précédente, j'en avais vu une encore plus petite. « Plus petite, impossible, me répond-elle avec son air martial, elle serait invisible. » Vous n'imaginez pas la tête du client ! Le pire c'est que j'ai appris plus tard qu'il n'avait plus eu de relations sexuelles pendant deux ans, tellement les paroles de Lena l'avaient traumatisé ! A partir de ce jour, j'ai interdit tout commentaire devant les clients à propos de leur physique.

Côté taille, ce ne fut pas pour autant la dernière gaffe de Lena, bien que celle-ci prêtât davantage à l'ironie affectueuse. Un autre jour, elle monte dans une chambre avec un homme, elle en redescend quelques minutes plus tard en nous demandant, alors que nous papotions dans la salle commune, de l'accompagner ; une vraie urgence, elle a quelque chose « d'extraordinaire » à nous montrer, affirme-t-elle. Ni une, ni deux, poussées par la curiosité, et par l'inquiétude aussi, nous voilà en file indienne dans l'escalier pour finalement découvrir son client qui l'attend sagement, son pantalon sur les chevilles. Effectivement, anomalie il y a, cet homme possède un sexe qui touche ses genoux, tellement il est imposant ! Nous sommes d'ailleurs plusieurs à nous demander si le cerveau de cet homme serait encore irrigué, une fois son sexe en érection ! Inutile de préciser que toutes les filles attendirent ensuite Lena avec impatience pour écouter son compte rendu. A leur grande déception, il ne se passa pas grand-chose, résuma-t-elle de manière lapidaire.

A cette période, en 2007 environ, les filles des pays de l'Est commencent à débarquer en masse. Une Hongroise arrive ainsi pour la première fois. Yvette, une blonde avec un visage magnifique mais un corps moins gracieux, elle est petite, limite obèse et surtout sa peau est constellée de traces de psoriasis. Qu'importe, je décèle chez cette fille une envie de franchir des montagnes… Une seconde jeune Hongroise débarque : Andrea. Une fille qui est tout le contraire de sa compatriote, blonde également et surtout très belle, refaite à l'image d'une poupée Barbie, un must pour les aficionados. Pour ne rien gâcher, elle est aussi intelligente et parle trois langues sauf le français.

Les filles qui maîtrisent le français, soit la grande majorité, lui font subir un bizutage en bonne et due forme. Un exemple parmi d'autres : un client arrive, ses congénères lui font comprendre qu'il ne cherche que des brunes, pas la peine par conséquent de venir se présenter. Dans la promiscuité d'un bordel, le venin se propage plus vite que la douceur…

Elles apprennent aussi à Andrea les rudiments du français… à leur manière : « le client » devient « le connard » et elles lui mettent en tête qu'au moment de passer à la fellation, il faut le regarder droit dans les yeux en lui disant : « Hum, j'adore les petits sexes. » Mon rôle est bien sûr d'éviter tout cela, malheureusement, je ne peux avoir les yeux et les oreilles partout. Après avoir subi bien d'autres offenses, encore, Andréa finit quand même par trouver sa place… Même les disgrâces d'Yvette emballent certains clients. La nature humaine reste insondable…

Le problème, c'est qu'elle reproduira l'intégralité des mauvais coups dont elle a été victime, sur Andréa dont le seul tort est d'arriver après elle. Pourquoi est-elle venue postuler au Venusia ? Pour financer ses études. Un cas qui arrive dorénavant de plus en plus souvent…

Un casus belli pour Yvette qui se met en tête de lui faire comprendre qu'une Hongroise est de trop dans l'enceinte du Venusia.

A mon grand dam, je n'apprends que plus tard le traitement qu'elle a réservé à sa compatriote. Toute à son désir de s'en sortir, Andréa investit ses premiers gains dans l'achat d'un ordinateur dont elle se sert au moindre moment de tranquillité. Une brouille l'oppose un jour à Yvette qui du coup lui arrache son ordi, le jette à terre avant de sauter à pieds joints dessus. Andréa range son ordinateur désormais inutilisable dans son casier et se garde bien de m'en parler. Naturellement, une fille me raconte toute la scène. Je prends alors une décision inédite en congédiant immédiatement Yvette, une première, l'occasion aussi d'envoyer un signal fort aux autres filles : les anciennes n'ont aucun droit, surtout celui de se croire tout permis. Andréa se liera ensuite d'amitié avec mon fils Kevin en lui donnant des cours d'allemand…

Désormais, je ne cherche ni à plaire, ni à faire l'unanimité, j'établis au contraire une certaine distance avec les filles. Malgré quelques faiblesses dont je ne peux me départir. Il m'arrive ainsi de souvent préparer le déjeuner pour tout le monde. Daniel le partage souvent dans la cuisine, il en profite pour dispenser des conseils aux filles, sur leur manière d'aborder les clients ou sur la façon de gérer leurs affaires... Enfin, pour celles que cela intéresse. Les putes qui ne savent pas anticiper et qui dilapident leur argent ne sont pas une race en voie de disparition, je le constate malheureusement tous les jours.

Un jour, un mercredi, je reste à la maison pour profiter de mes enfants. A 13 heures, le téléphone sonne, une fille m'appelle du salon pour savoir ce que je prévois pour le déjeuner, elle parle aussi au nom de ses copines qui commencent à avoir faim, me dit-elle ! Mon sang ne fait qu'un tour, je raccroche en l'envoyant paître, en me promettant aussi de ne plus jamais faire la cuisine au Venusia. Qu'elles se débrouillent avec de mauvaises pizzas ou ce qu'elles veulent, ce n'est plus mon problème. J'en ai de bien plus importants : l'agrandissement de mon salon. Et franchement, je suis bien décidée à laisser libre cours à mes fantasmes. Des fantasmes que j'ai depuis le film que j'ai vu, adolescente, et dans lequel Alain Delon (il me semble) arrive en conquérant dans une maison close. Voilà exactement le genre d'ambiance que j'ai envie de recréer. Je vais vite m'apercevoir que le chemin qui mène du rêve à la réalité est tortueux. Nostalgie de l'océan oblige, je rêve d'un jacuzzi. Un vrai, un grand qui répond à toutes les normes sanitaires, pas une baignoire améliorée où l'on peine à barboter en couple, voire davantage. Le budget est conséquent (160 000 francs suisses) mais l'argent n'est pas un obstacle insurmontable. Mon salon bénéficie d'un bon crédit, d'une clientèle fidèle, dont de nombreux anciens de la place du Cirque qui sont revenus dès que la tempête judiciaire dont nous avons été victimes s'est calmée… Seulement voilà, je ne savais pas que l'un des plus grands collectionneurs de livres de Genève entrepose une partie de ses trésors sous mon salon. Soit quinze mille ouvrages ! Dont de très rares et très chers. La perspective d'avoir quelques milliers de litres d'eau bouillonnante au-dessus de ses incunables ne l'enchante guère et je le comprends. Mais pas question pour autant d'abandonner. Mon architecte et mon plombier trouvent finalement la solution en créant de nouveaux passages pour les canalisations. Même en cas de fuite majeure, l'eau ne se déversera jamais dans la cave de mon bibliophile. L'addition s'alourdit, fatalement. Peu importe, le Venusia est l'affaire de ma vie et, comme tout le monde, je n'ai qu'une vie.

Chapitre 15

Pourquoi cette ambition de monter un salon érotique comme personne n'en a encore vu à Genève ? Pourquoi cette envie de faire parler de moi dans une ville où la discrétion est la pierre angulaire du système, au même titre que le secret bancaire ? Avant de rentrer dans le milieu de la prostitution, je suis persuadée qu'un bordel est forcément un endroit glauque, sale et lugubre. Et bien sûr malfamé. Mais depuis tout ce temps, j'ai appris à aimer mon métier et je veux démontrer qu'un bordel doit faire preuve de raffinement, à l'image de ces maisons closes qui font toujours couler beaucoup d'encre, au cinéma ou à la télévision. Sans que personne ne se penche vraiment sur les dures conditions de vie des filles qui y travaillaient, des conditions qui s'apparentent fort à de l'esclavage. Mais comme trop souvent, notre époque admire le décor, sans explorer les coulisses.

Je veux aussi combattre une autre idée reçue : une pute ne peut pas prendre son pied, paraît-il. Nous simulons, forcément stimulées par l'appât du gain. Sous la coupe d'un mac ou alors déficiente intellectuellement, une pute ne peut écarter les cuisses avec plaisir… Droit à la jouissance strictement interdit pour cette pauvre petite victime, incapable de penser toute seule ! Mon expérience me permet en tout cas d'affirmer que le plaisir sexuel chez une pute existe mais qu'il ne se commande pas. Il m'est arrivé, et cela continue, de vivre des orgasmes mémorables avec des clients à priori sans intérêt, ni physique, ni intellectuel. Parfois, le fait de se sentir tout simplement bien avec quelqu'un suffit pour déclencher ces torrents de luxuriance que je souhaite à toute femme.

Cette vérité, je ne me prive pas de la répéter aux filles qui arrivent chez moi. Les débutantes surtout qui, au début, pensent s'épanouir auprès de ces jeunes hommes qui arrivent avec un physique encore avantageux. Cette jolie façade va leur permettre de joindre l'utile à l'agréable, comme après une soirée en boîte, imaginent-elles, et cerise sur le gâteau, avec quelques billets dans leur sac à main en repartant. Les moins idiotes comprennent rapidement que la beauté n'est pas un passeport pour le plaisir. Rares, en effet, sont les jeunes garçons qui comprennent le fonctionnement intime d'une femme, tendus qu'ils sont vers la performance, l'éjaculation à tout prix.

Personnellement, je préfère les hommes de plus de quarante ans, voire beaucoup plus… Pour converser et surtout parce que, à cet âge, priment l'envie d'assouvir leurs envies, leurs fantasmes, tout en prenant leur temps, en nous témoignant aussi beaucoup plus d'attention. Voilà pourquoi ces hommes peuvent me combler sexuellement, comme ils pourraient aussi y parvenir avec leurs femmes, si elles se montraient davantage à l'écoute de leurs désirs, ou si elles leur manifestaient l'attention que nous leur donnons le temps d'une étreinte tarifée.

Comment un client choisit telle fille et pas une autre ? Selon plusieurs critères. Leur addiction au sexe en est un, et de la première importance ! Le prévoyant a une idée bien arrêtée, il consulte donc au préalable le site internet, compare les mérites et les atouts de chacune, téléphone ensuite pour savoir si la fille de son choix est disponible. Si elle ne l'est pas, tant pis, maîtrisant la géographie sexuelle de la ville, il a déjà souvent un deuxième choix en tête, voire d'autres options de secours. Il doit absolument assouvir ses pulsions, rapidement, sous peine de ne plus pouvoir penser normalement, comme si son sexe avait pris le pouvoir sur sa cervelle.

D'autres préfèrent la surprise, ils débarquent au salon en se réjouissant de faire défiler sous leurs yeux toutes les filles en petite tenue. D'aucuns vont encore crier que tout cela ressemble à une foire aux bestiaux détestable. Eh bien qu'ils le disent, cela m'est égal.

A ce stade, bien qu'étant à priori attiré par des blondes aux gros seins, notre homme peut finalement choisir une brune toute menue. Parce que cette fille qui ne correspond pas à ses critères a su l'accrocher par un regard ou une attitude qui réveille un désir enfoui en lui. L'attrait de la nouveauté, enrichir son tableau de chasse, régler un compte avec le passé, un râteau mémorable au lycée par exemple infligé par une brune à petite poitrine justement... Pour les filles dont le métier n'est pas d'allonger le client sur un divan pour les écouter, ce défi permanent n'est pas facile à vivre. D'autant qu'il exacerbe la concurrence entre elles. C'est la règle du jeu. Qui a un mérite : celui de leur faire comprendre que le physique, et ses critères gravés dans le marbre, n'est pas tout. En fait, le client choisit la plupart du temps une fille à 80 % pour son regard et à 20 % pour son physique.

Comme dans la vraie vie, celle où les couples se forment au bureau, au restaurant, sur les bancs de la fac, des rencontres improbables deviennent fantastiques parce qu'elles basculent à un moment dans l'inconnu ; ce phénomène, les putes le vivent au quotidien. Sans atteindre le nirvana, ni trouver le grand amour chaque jour, n'exagérons rien.

A force de pratiquer ce milieu, j'ai acquis un sens assez aigu de la psychologie. Parfois, je le sens d'instinct, certaines filles ne sont pas si heureuses d'être choisies, malgré l'argent. Surtout les débutantes, souvent obnubilées par l'apparence physique. C'est encore arrivé dernièrement à l'une de mes plus jeunes pensionnaires. Elle a une vingtaine d'années. Un client sonne à l'entrée.

Comme d'habitude, avant de déclencher l'ouverture de la porte, je regarde l'écran de contrôle vidéo fixé au mur de mon bureau. Est-il ivre, est-ce un client régulier, a-t-il déjà posé des problèmes ici : voici les quelques questions que je me pose très vite. Rien de tout cela ne concerne cet homme mais je remarque tout de suite qu'il est loin, mais alors très loin, d'être un premier prix de beauté. Qu'importe.

Bref, le client entre, je l'accueille dans le couloir et je l'emmène directement dans la salle de présentation, là où les filles qui ne sont pas déjà occupées dans une chambre, patientent en attendant leur prochaine proie. Ce client vraiment moche en profite comme tout le monde, toutes les filles minaudent devant lui et se déhanchent comme s'il était le dernier des hommes à vivre sur la surface de la terre. Contre toute attente, il jette son dévolu sur ma jeune pensionnaire même si elle n'a pas fait le moindre effort pour se distinguer au milieu de cette assemblée.

Le client opte pour un forfait d'une heure, libre à lui donc de s'amuser avec sa partenaire dans ce délai, en respectant à la lettre les pratiques stipulées sur le menu des plaisirs que nous avons édicté avec Daniel. Un menu au spectre très large, il propose par exemple quatre alternatives pour la seule fellation et surtout, signale très clairement les jeux sexuels acceptés par les filles. Certaines prisent la sodomie, la feuille de rose, les partenaires multiples, d'autres pas et elles le signalent sur leur fiche, au client de choisir en sachant qu'après, il ne pourra pas se plaindre. Au contraire, il a choisi sa fille en toute connaissance de cause, rien ne lui est imposé, et encore moins interdit, à condition de respecter le contrat ! Un système aux allures peut-être trop administratif et trop cartésien, pour les libertaires du sexe, mais il a le grand mérite de protéger mes filles de tout débordement. De la violence notamment.

Au bout d'une heure, ma jeune fille redescend, l'air ailleurs, visiblement tourneboulée. En la voyant ainsi, les yeux dans le vague, je repense un instant à l'épisode cocaïne qui a bien failli nous faire couler. Mais, non, rien à voir, toujours sous le coup de l'émotion, elle nous confesse qu'elle vient de prendre un pied d'enfer. « Jamais je n'ai autant joui », raconte-t-elle comme si elle venait de découvrir son point G alors qu'elle n'y croyait plus. Vu la partie adverse, elle s'apprêtait à fermer les yeux et à attendre que le temps passe, précise-t-elle aussi aux autres filles qui l'écoutent.

Là où l'affaire prend un tour encore plus drôle, c'est qu'ensuite, cette fille a quasiment raflé tous les clients de l'après-midi (faisant du même coup exploser son chiffre d'affaires). Logique, cette intense joute amoureuse lui avait donné un air tellement épanoui qu'elle dégageait des promesses aussi subliminales qu'irrésistibles pour un cerveau masculin en quête de plaisir. Je ne sais pas combien de temps cette fille pratiquera encore ce métier. En revanche, je suis certaine qu'elle se souviendra toute sa vie de cette journée où elle a découvert que Quasimodo pouvait surclasser George Clooney dans un lit.

Dans le même style, mais la conclusion n'est pas la même, j'ai un client régulier qui arrive sans avoir pris de rendez-vous, alors qu'il le fait toujours. Pas de chance, je viens juste d'accepter une prestation. Je le renvoie vers une autre fille qui fait la moue devant son physique, il est un peu gros c'est vrai, mais je lui glisse en douce que ce nounours timide de quarante-cinq ans est vraiment adorable. Je ne l'imagine pas lever la main sur une mouche.

Monsieur a ses habitudes, il prend toujours sa douche chez lui, juste avant de venir, pour éviter de la prendre au Venusia. Sa nouvelle compagne de jeu ne le sait pas, elle le force à en prendre une. Aimable, il obtempère et la fille en profite pour sortir de la chambre de longues minutes. Pour prendre une douche, pense-t-il. Elle revient au bout d'une bonne dizaine de minutes. Catastrophe, il trouve qu'elle sent très fort la transpiration. Elle n'a donc pas pris de douche, en déduit-il. Résultat : cet homme, pourtant si doux habituellement, devient littéralement odieux avec elle.

A un tel point qu'elle m'agresse en redescendant. « Tes amours de nounours, tu peux te les garder, ce mec n'est qu'un gros connard ! » Vous voyez qu'entre nous, même si je suis la patronne, les échanges peuvent être un peu rudes, voire sanguins…

Je suis vraiment surprise donc je monte dans la chambre pour discuter avec mon client. Il est en train de se rhabiller lorsque j'arrive. J'aurais préféré me tromper mais il s'agit bien de lui. Je sens qu'il est mal à l'aise, nous avons alors une longue discussion. Il est rongé par le remords d'avoir brusqué cette fille qui m'a remplacée au pied levé. Dans le sexe tarifé, l'alchimie prend ou ne prend pas surtout quand seul l'argent régit la rencontre. Je revois toujours ce client que j'aime beaucoup, mais désormais quand je ne suis pas libre, il préfère revenir plus tard.

Chapitre 16

Vu l'investissement qu'exige mon Venusia « nouvelle recette », je n'ai pas le droit à l'erreur. Et sa réussite ne va pas se gagner au feeling… Ma décision est prise pour le rez-de-chaussée : il restera « classique ». Connaissant les goûts de mes clients, je sais qu'ils ne vont pas déserter les premières chambres décorées avec beaucoup de bon goût par ma grand-mère. La campagne, la Belle Epoque restent des valeurs sûres ; dans le sexe aussi, la nostalgie est un marché porteur. Ces considérations bassement marketing n'esquissent pas pour autant les plans de mes dix nouvelles chambres, je les veux aussi confortables qu'une suite d'hôtel de bon standing mais beaucoup plus excitantes ! Je joue vraiment gros sur ce coup, Daniel aussi, cette extension fera du Venusia le plus grand salon érotique de Genève. Notre concurrent direct ne compte que cinq chambres, toutes identiques en plus… Cette opération ne va pas nous attirer que des amis…

Devant cette page blanche à remplir, soit près de 700 mètres carrés à équiper de la plus suggestive des manières, je lance une consultation auprès des filles. Si je ne copine plus autant qu'avant, peut-être ont-elles des idées ou l'envie d'améliorer leur cadre de travail ? Au final, ces discussions ne débouchent pas sur grand-chose. Si ce n'est le besoin de propreté et de sécurité, deux de mes priorités que je n'ai aucune intention de sacrifier.

Depuis plusieurs années, j'achète discrètement des gravures, des tableaux, des photos en me disant qu'elles me serviront le jour venu. Ma collection contient naturellement une série d'estampes japonaises, un peu classique, à côté de ce que j'imagine. J'en conviens, sauf qu'après plusieurs siècles, ces dessins d'une précision inouïe sont bien plus évocateurs que le porno. Ces sexes surdimensionnés, masculins comme féminins, et l'accumulation de ces positions savantes, transforment n'importe quel coït en œuvre d'art. Des estampes, découle naturellement la chambre japonaise. Assez sobre au départ, avec ses touches de jaune, de noir et bien sûr mes estampes grand format au mur, elle se taille assez vite un joli succès. Qui va aller crescendo suite à une discussion avec l'un de mes clients réguliers…

Marc, un homme d'affaires étranger, âgé d'une cinquantaine d'années, vient souvent avec deux copines, l'une est avocate et l'autre occupe un poste assez important dans l'administration de son pays. La chambre japonaise leur plaît bien, ils y reviennent à chaque fois, en y conviant aussi d'autres filles du Venusia pour des parties fines.

Mais, une fois cette joyeuse troupe redescendue, cet homme élégant et plein d'assurance, sa manière d'assumer ses fantasmes n'y est sans doute pas étrangère, reste toujours quelques moments pour parler avec moi. Un jour, comme d'habitude, je lui demande si tout s'est bien passé. « Je ne sais pas si je vais revenir, j'aime bien la japonaise mais il lui manque quelque chose. Les estampes ne suffisent plus. » Tiens donc ! « Vous devriez y rajouter un glory hole… », poursuit-il, ses deux amies très strictes dans leurs tailleurs l'écoutant le plus sérieusement du monde. Si vous ne le savez pas, un glory hole, un des grands classiques des établissements libertins, est une cloison percée de trous destinés à accueillir des sexes dont les propriétaires ne voient pas qui s'en occupe de l'autre côté… Une pratique qui exige la présence active de plusieurs participants. Sinon, on ne peut pas parler de surprise, or, c'est bien cette sensation d'inconnu qui donne tout le sel à l'affaire.

Je convoque derechef mon menuisier, en lui expliquant toutes les subtilités du glory hole, le diamètre des trous, la hauteur à laquelle ils doivent se situer, etc. Son mètre à la main, il prend toutes les mesures et m'assure que les travaux seront vite terminés. Une promesse tenue. Comme celle de mon client qui rapplique dès qu'il apprend que l'objet de ses désirs équipe désormais la chambre japonaise. Toujours accompagné de ses amies.

Alors que je lui demande si l'installation est à son goût, Marc me fait rapidement comprendre, sans s'étendre davantage, qu'il apprécierait la compagnie d'autres hommes. Je comprends aussitôt pourquoi. En vrai homme de pouvoir, il assume mal sa bisexualité. Le glory hole n'est finalement qu'un moyen de satisfaire ses penchants sans les reconnaître ; planqué derrière cette planche de contreplaqué noir, l'hôte de cet ébat ne sait pas dans quelle bouche ou dans quel orifice il se fourre. Un homme, une femme... ? Une commande spéciale que j'exauce bien volontiers. Dorénavant, à chacune de ses visites, j'appelle quelques amis bisexuels ; ravis de s'envoyer en l'air avec les charmantes amies de mon client et mes filles, ils ne voient aucune malice à placer leur sexe au travers de ces cercles.

Lors de l'une de leurs soirées particulièrement mouvementées, je dois les rejoindre car les filles présentes n'arrivaient pas à canaliser la fougue de mon client déchaîné. Tenaillé par des envies fulgurantes de chair, Marc court dans tous les sens, en criant qu'il veut s'étouffer avec un sexe ! Et pourtant, il vient de passer tout ce début de soirée à genoux derrière la paroi du glory hole, saisissant à pleine bouche les sexes qui se présentent à tour de rôle, trois d'un coup parfois. Soit, tout ce que Marc aime : sucer pour « Rendre le vît raide d'une folle honte », comme dirait Rimbaud, afin d'obtenir un sexe vigoureux prêt à le prendre sans retenue. Marc hurle alors des insanités, sanglote de bonheur.

Mais, alors qu'il est sur le point d'exploser, les filles passent à l'action en s'occupant de son sexe qui, du coup, ramollit comme un chamallow. Les hommes peuvent alors reprendre du service et Marc peut de nouveau jouir en poussant de grands râles virils. Ce soir-là, les jeux de ce trio fort bien organisé, comme je pus le constater, durèrent entre trois et quatre heures. Les protagonistes en sortirent éreintés mais confits par le plaisir…

En dehors de ces moments de luxure, le chantier m'accapare, à un point que vous ne pouvez imaginer. Je surveille quotidiennement le moindre des détails, longtemps après le départ des ouvriers. Certaines chambres coulent de source. L'orientale par exemple, conçue autour d'un lit en fer forgé à baldaquin et avec les tissus et les tentures opulentes ramenées par une amie qui travaille avec moi tout en faisant des extras à Dubaï. D'autres s'avèrent plus compliquées. La chambre romantique notamment. J'adore l'univers de David Hamilton, je possède une collection de tirages originaux signés de sa main et je veux lui rendre hommage en lui dédiant une chambre.

Je commence par faire encadrer ses photos avant de les accrocher aux murs, sans chercher d'effet d'optique, juste en les alignant comme dans un musée. Quelque chose cloche pourtant, ses portraits de jeunes filles (qui pourraient de nos jours lui valoir la prison) ne suffisent pas pour évoquer son univers. J'arpente la pièce, comme un taulard dans sa cellule, de long en large, de large en long, je me glisse sous la douche, je joue avec l'éclairage en clair-obscur, je prends des poses lascives devant les miroirs disposés aux quatre coins de la pièce, mon cul, mes seins jouent les cobayes et je découvre enfin d'où vient le problème. Dans l'univers de David Hamilton, le lit est immense et rond, c'est un monde à lui seul, contrairement au mien qui s'avère d'une banalité consternante.

Cherchez aujourd'hui un lit « hamiltonien » dans les travées d'une grande enseigne nordique ou chez un fournisseur sur mesure ! Si vous le trouvez, merci de me transmettre l'adresse. En cas de nouveaux rêves de grandeur, je n'aurai plus l'impression de meubler le château de Versailles ! J'en ris aujourd'hui, mais à l'époque, dénicher un lit capable d'accueillir une équipe de foot me réveille la nuit. Le doute, quel poison !

Ce lit qui m'obsède, je finis par le découvrir, totalement par hasard à côté de notre appartement familial ! Deux sommiers qui s'épousent, deux matelas en forme de demi-lune, tous deux en blanc, entreposés depuis des lustres dans la boutique et pour cause, personne n'en voulait ! Même pour des férus de monochromie façon Reinhardt, ces lits ont un gros défaut, il faut les rentrer au chausse-pied, comme je m'en rends compte devant le Venusia, dès leur descente du camion. Je m'en veux un peu, je n'ai même pas pris la précaution de les mesurer avant de les acheter. Impossible maintenant de les faire passer par les escaliers, malgré toutes les ruses et les contorsions des déménageurs. Une étape pas zen du tout qui nous contraint à les rentrer par les fenêtres, après avoir appelé un élévateur au secours, le tout sous les applaudissements goguenards des voisins ravis du spectacle.

Dans le même registre, j'ai toujours la nostalgie de ma région natale. Celle des plages de l'Atlantique où je me vois encore courir avec mes frères. Cet idéal perdu, je veux le recréer dans mon bordel en créant une chambre « bleu de Nemo », dont le sol est recouvert de sable. Une manière inconsciente de jeter une bouteille à la mer, sans doute. Mais techniquement, cette idée s'avère compliquée. Faites l'amour un jour sur une plage et vous comprendrez pourquoi ! Le sable s'infiltre partout... Mais je finis par trouver la solution. Je commande tout de même des dizaines de kilos de sable, j'y verse les coquillages ramassés depuis longtemps sur les plages où l'on se rend en famille et je solidifie le tout avec de la résine. Je suis heureuse, j'ai ma plage à Genève. Et jusqu'à présent aucun client ne s'est plaint de repartir de la chambre bleue (comme l'océan) un grain de sable coincé entre les doigts de pied – ou ailleurs.

Le chantier tire à sa fin, il ne me reste plus qu'une pièce à aménager. J'ai l'impression d'avoir tout donné mais j'ai envie d'un dernier coup d'éclat. A court d'idées, je demande à mon menuisier, qui est devenu un ami à force de me suivre dans mes délires, d'imaginer un endroit qui lui donne l'envie de sauter sur toutes les filles, canons et moches confondues. Je découvre qu'il fantasme dur sur les USA lorsqu'il me propose une chambre, moitié New York, moitié Amérique profonde. Un vaste programme, surtout dans une pièce de 50 mètres carrés !

En même temps, son idée est lumineuse. Il imagine d'un côté un lit, pour symboliser la métropole, et de l'autre une voiture pour la promesse des grands espaces… Côté lit, je suis vaccinée, avec la voiture en revanche, je m'aventure sur des terres inconnues. Je laisse carte blanche à mon menuisier qui se met immédiatement en chasse de l'auto de ses rêves. La première, une américaine très classique, est trop dure, juge-t-il, la deuxième pas assez confortable. Il trouve finalement son bonheur avec un pick-up dont le plateau arrière peut accueillir un matelas sans aucun problème. Il a mille fois raison. Mais, je me souviens encore de la galère du lit qu'il a fallu tracter dans la chambre romantique. Alors imaginez ce qu'il faut faire pour monter un 4 × 4 ! Je ne vois que deux solutions : abattre la façade ou démonter pièce par pièce la voiture avant de la remonter dans la chambre… Irréalisable, l'une comme l'autre. Il en faut plus pour décourager mon menuisier qui trouve une idée géniale : couper le truck en deux pour ne garder que le coffre qui, l'opération faite, rentrera aussi par la fenêtre. Toujours sous le regard des voisins qui commencent à me prendre pour une folle.

Aujourd'hui, l'Américaine et sa voiture japonaise *(sic)* arrimée au mur est la chambre la plus demandée, surtout par les mâles à fort taux de testostérone. Les suspensions de la voiture n'ont toujours pas cédé, malgré les quelques milliers de levrettes épiques qu'elles ont déjà endurées.

Chapitre 17

Comme les lectures de l'horoscope ou les discussions de café du commerce, les litanies sur les hauts et les bas de la vie m'ont toujours ennuyée. Des bas, j'en ai ma dose, les hauts, je les sens arriver avec les premiers résultats excellents de mon Venusia. Mon bordel s'avère être une vraie machine de guerre, même si je vote pour le camp de l'amour. Toujours est-il que je me réjouis de l'avoir ouvert 24 heures sur 24, voici maintenant deux ans. Une autre révolution sexuelle à Genève. La promesse aussi de nouveaux emmerdements.

Pour l'heure, c'est ma grand-mère qui me préoccupe. Travailler sur la décoration du Venusia lui a fait du bien, elle a rajeuni de vingt ans, semble-t-il... Nous avons tenu notre promesse : nous faire plaisir en créant un endroit hors norme. Le Venusia l'est vraiment. Bien sûr, une femme de son âge dans un bordel, cela fait parler… Pas avec les filles qui l'adorent. Toujours prévoyante, un mot gentil pour chacune ou un coup de main pour aider à plier le linge, grand-mère est un peu leur mascotte. De mon côté, je l'aide discrètement en réglant son loyer ou en lui avançant de l'argent pour les courses.

Malheureusement, cette belle amitié commence à perturber sa fille, peut-être sent-elle sa mère en danger ? Dans son scénario, je serais ni plus, ni moins en train de la « capter ». N'ayant pas assez de travail avec mon bordel, peut-être ai-je l'intention d'en faire aussi une secte…

Une contrariété qui arrive à une période où mes finances se retrouvent au plus bas. Mes enfants grandissent, exigeant davantage de temps, ce qui entraîne évidemment la baisse de mon activité d'escort qui me permet toujours de supporter mes investissements du Venusia. Ce cercle vicieux m'oblige à serrer considérablement les cordons de la bourse.

Au même moment, grand-mère se fracture l'épaule et doit se faire opérer d'urgence. Je m'immisce alors dans sa vie privée. Son appartement a vraiment besoin d'un grand nettoyage de printemps. Asunción, ma fidèle employée de maison, m'aide dans cette tâche. Je décide toutefois de prévenir sa fille par téléphone qui trouve mille excuses pour ne pas venir à son chevet.

Si quelques choses de valeur meublent son appartement, je déblaie le terrain comme si de rien n'était, en prenant la responsabilité de jeter aux ordures quelques tapis persans irrémédiablement endommagés par la poussière et l'urine de chien. Sa fille bénéficie de comptes rendus réguliers et je lui parle aussi de l'état général de délabrement de l'appartement pour lequel le propriétaire ne fait rien. Je lui suggère qu'il serait sans doute utile de lui en parler. « Surtout pas, j'ai trop peur que ma mère ait des retards de loyer », me rétorque-t-elle…

Je m'énerve alors en lui disant que je règle son loyer depuis plusieurs années tandis qu'elle ne fait que profiter de la générosité de sa mère sans rien lui apporter en retour. Je décide de stopper net la conversation et de prendre le premier avion pour la Belgique, où elle réside, afin de la rencontrer. La réunion, quoique un peu froide, s'avère finalement assez fructueuse. Grand-mère regagna son domicile quelques jours plus tard et fut agréablement surprise par les changements. Puis, ce fut au tour de sa fille de débarquer à Genève. Sa première visite fut pour le Venusia où elle vint récupérer les clefs de l'appartement de sa mère, histoire de me signifier que je n'avais plus à y mettre les pieds.

Dans ce cas, comme dans d'autres, survivre et prospérer dans mon métier impose de ne jamais mâcher ses mots, avec les clients, les filles et, en règle générale, avec tous les fâcheux. J'en eus donc de très durs avec la fille de ma grand-mère qui par conséquent prit ses distances avec le Venusia. Je la comprends un peu, après tout, c'est sa fille. Et si j'ai pu avoir mal sur le coup, je vais tout faire pour ne pas couper le lien qui nous unit.

Un problème en chasse un autre : pour demeurer ouverte 24 heures sur 24, je dois absolument recruter de nouvelles filles. Cela tombe à pic, la notoriété du Venusia attire de nombreuses candidatures spontanées. Heureusement car le métier de pute ne s'apprend pas à l'école et si je peux toujours passer une petite annonce dans les journaux, les agences d'intérim dans le secteur n'existent pas. Dès qu'une fille me contacte, je la reçois pour écouter ses motivations. Certaines postulent parce qu'elles ont un besoin d'argent urgent. La plupart se remettent à flot, avant de revenir.

D'autres, comme des oiseaux tombés du nid, ne savent pas vraiment où elles mettent les pieds. Je ne leur mens jamais en vantant les bons côtés de la chose, l'argent facile, la possibilité d'approcher des personnalités ; je leur explique, en revanche, et de la manière la plus crue, la dureté de ce métier. Ces hommes que l'on n'aurait, normalement, aucune envie de toucher, encore moins d'embrasser, les pratiques sexuelles qu'il faut endurer.

A la fin de l'entretien, une partie de ces filles part tout de suite. Elles ont eu peur, tant mieux. Et d'autres restent, plus ou moins longtemps, s'estimant assez fortes pour supporter les vicissitudes du travail de pute.

Une autre catégorie encore : les filles aux gros besoins sexuels, bien plus nombreuses que vous ne l'imaginez. Tellement obnubilées par le sexe, elles ne sont pas les meilleures recrues, contrairement à ce que l'on peut penser. Pour une raison très simple : une fois leur plaisir obtenu, et il vient vite, le client n'a plus qu'à se rhabiller. Une frustration terrible pour un homme qui paye pour coucher avec une belle fille. Et au passage, une mauvaise publicité pour l'établissement.

Idem pour la dernière catégorie : les filles qui n'aiment que l'argent. Elles sont différentes des cigales qui veulent juste renflouer leur compte en banque, ou régler leurs dettes. Les accros au fric ont le même défaut que les dingues de cul. Le client n'a plus d'importance, une fois l'accord passé. Encore une fois, une vue à court terme déplorable pour la bonne marche d'un commerce comme le mien.

Pour faire face à mes charges financières, je reçois beaucoup. Certaines filles sont encore là aujourd'hui et la grande majorité n'affiche pas un profil classique. Nina par exemple, une héritière méticuleuse et prévoyante qui travaille au Venusia pour ne pas entamer son capital, tout en s'amusant à la manière d'une enfant insatiable. D'autres ne s'attardent pas, comme cette Française qui rêvait juste de s'acheter tous les sacs Chanel de l'année. J'embauche même une voisine. Elle sortait tous les soirs pour ramener un homme, c'est elle qui le choisissait. Une vraie chasseuse qui se dit qu'elle pourrait même rentabiliser son affaire. Elle démissionne rapidement. « Tenir le fusil est plus drôle que jouer la proie », me dit-elle en guise d'au revoir. J'en ai congédié d'autres aussi, je sentais qu'elles se détruisaient psychologiquement. Une Marocaine par exemple, elle adorait l'argent mais détestait le sexe. Elle finissait par terroriser les clients…

Dans un bordel, l'argent est un souci permanent. Après avoir testé plusieurs endroits en Suisse romande, une Roumaine finit par atterrir chez moi. Ces jeunes filles étrangères ne rentrent pas très souvent chez elles, sauf à partir du moment où elles constatent que leur activité est rentable, auquel cas elles commencent à s'offrir des allers-retours. C'est le cas de cette jeune fille roumaine qui profite du passage d'un de ses amis pour envoyer de l'argent chez elle. La veille au soir, elle discute malencontreusement avec une autre fille pendant qu'elle compte son argent, une somme assez importante. Cette nouvelle s'est propagée comme une traînée de poudre. Les filles ont toutes un casier pour leurs affaires personnelles, qu'elles utilisent pour y déposer leur argent et leurs papiers d'identité. Tellement excitée de revoir son ami, elle a oublié de fermer son casier. Ce qui n'a pas échappé à la vigilance d'une autre qui en a profité pour lui dérober ses gains. Au petit matin avant que son ami arrive, stupeur, elle découvre que son argent s'est envolé ! Et pourtant, son casier était fermé à clef. J'ai donc visionné les enregistrements de la nuit avec une fille de confiance. Je m'y suis reprise à plusieurs fois, tant je ne croyais pas à ce que je voyais. La voleuse, une Hongroise, était parmi nous depuis trois ans !

Je déteste ces situations mais les vidéos sont parties directement à la police qui ne s'est pas beaucoup mobilisée sur l'affaire, l'argent d'une pute ne vaut pas grand-chose, semble-t-il. C'est pourquoi, je conseille aux filles de ne faire confiance à personne et de ne jamais se prêter de l'argent entre elles, même 100 francs suisses. C'est triste, mais dans une activité qui mélange sexe et argent, l'amitié importe peu…

C'est aussi à cette époque que je décide d'ouvrir les portes de mon bordel aux médias, pour prouver que chez moi personne ne se prostitue sous la contrainte. J'en ai également assez de voir toujours les mêmes sujets sur les transsexuels, uniquement destinés à souligner les vicissitudes de la vie de prostituée. Je conçois tout à fait que cette population ait un vrai combat à mener. Mais, à mon avis, il est trop réducteur parce qu'elles ne mènent pas la même vie que nous.

J'ai pourtant beaucoup d'empathie pour elles, pour ces personnes du 3e sexe comme on les appelle. L'un de mes très bons amis, Ludovic, est un travesti adorable, bien qu'il faille le surveiller les soirs où il boit trop... Il rêve de maîtriser la gestuelle féminine sur le bout des ongles. Victor arrive au Venusia en ayant hâte de se déshabiller pour me montrer combien « elle » est belle avec ses jolis dessous, il finit même par m'offrir de très belles pièces de lingerie.

« Déranger mes filles », voilà son plus grand plaisir. Pour y parvenir, il essaye de se faire remarquer au maximum, les filles s'y sont habituées, Ludovic fait désormais partie du paysage. Parfois, il sort du salon et va se promener dans la rue en robe. Au bout de quinze minutes d'absence, j'envoie toujours quelqu'un à sa recherche, comme s'il était sous ma responsabilité. Surtout depuis que je sais que l'alcool lui fait complètement perdre la mémoire.

Ce soir-là, Ludovic est survolté, il bouge sans cesse, ouvrant les portes des chambres sans même se soucier de savoir s'il peut déranger. Une fille descend pour me demander combien Ludovic serait prêt à payer pour la regarder baiser avec son client. Ludovic n'a même pas discuté, il a sorti une liasse de billets et je l'ai installé en face du lit, dans les meilleures conditions d'observation.

Au bout d'un quart d'heure, Ludovic est revenu, excité comme jamais. Il voulait que je le sodomise, j'ai donc pris un godemichet de bonne taille pour le dilater assez fort.

Comme d'habitude, il me téléphona le lendemain pour me demander ce que j'avais pensé de notre soirée. Il ne se souvenait absolument de rien. Au début, je ne le crus pas, j'enjolivai donc la rencontre en lui disant qu'il avait même pu sucer un client (son autre péché mignon). Finalement, dis-je pour conclure, celui-ci avait eu peur qu'il ne le morde et il n'avait donc pas eu le droit de « boire son lait », comme il se plaisait à le dire.

Depuis cette soirée, nous avons décidé d'un commun accord qu'il serait sobre avant et pendant nos rencontres. Malgré ses déviances supposées, j'apprécie beaucoup cet homme aux facettes si différentes. J'apprends beaucoup à son contact. Je me réjouis toujours de le voir, comme pour ce réveillon de Noël où nous avions rendez-vous avant qu'il ne décommande au dernier moment.

Une soirée un peu particulière, je reste au salon avec les filles, alors que mes enfants sont chez mes parents. J'ai prévu un dîner pour les filles qui répondent présentes. C'est grand-mère (heureusement le lien n'est pas coupé) qui officie aux fourneaux, elle nous mijote une dinde farcie aux cèpes et aux marrons. C'était délicieux. Mais le clou de la soirée reste la venue du Père Noël qui arrive peu avant les douze coups de minuit, sa hotte remplie de cadeaux. Pour qu'il se réchauffe, nous l'accueillons toutes autour du jacuzzi pour distribuer les présents. Un moment très agréable qui me fait presque fait oublier l'absence de mes enfants. Pour s'excuser de son lapin de dernière minute, Ludovic m'appelle et me fait une déclaration au téléphone : 6 min 51 de pur bonheur qui me semblent une éternité. Je reste tellement confondue devant tant de gentillesse que je ne sais pas quoi répondre. Merci Ludovic. C'est aussi pour ces moments que je ne regrette rien de ma vie. Même lors d'un réveillon de Noël, alors que tout le monde se retrouve en famille. Au salon, cette soirée est toujours un moment à part, les clients affluent tous après le dîner et les voitures garées dans la rue abritent souvent un chien, à croire que leurs maîtres prétextent une petite promenade pour venir s'offrir leur cadeau de Noël au Venusia.

Pour revenir sur mon ouverture aux médias, je me souviens particulièrement de ce journaliste qui était tombé sur une de mes filles, en train de tuer le temps, un livre dans les mains. Il lui demande carrément si elle sait lire ! « Oui et en plus, je n'ai même pas été obligée de colorier les images puisqu'il n'y en a pas dans ce bouquin », lui répond-elle... Il l'a bien mérité. Je l'ai déjà dit mais c'est une constante, de plus en plus de filles qui arrivent sont diplômées. Deux préparent un doctorat en droit, une autre un diplôme de traduction, en travaillant ici et pour l'un de ses clients, un policier qui a parfois besoin d'une traductrice sur certains dossiers.

C'est finalement un reportage diffusé par TF1 qui me force à effectuer mon « coming out ». Une équipe de tournage m'avait contactée à l'automne 2006 pour me proposer de témoigner dans un sujet sur la prostitution. Guère enthousiaste sur le principe, je ressentais néanmoins l'envie de surpasser tous les documentaires menés sur le sujet jusqu'alors, où les mensonges et la vulgarité l'emportaient. Je souhaitais juste montrer notre réalité, à l'heure où seules les prostituées transsexuelles acceptent de parler crûment des écueils que l'on rencontre dans notre travail. Elles ont déjà bien des barrières à faire tomber, ne serait-ce que pour se faire accepter de leur entourage, alors il ne faut pas entretenir de surcroît la confusion entre prostitution et transsexualité. Pendant une certaine période et avec mon point de vue de téléspectatrice, j'aurais pu en effet croire que seules des transsexuels pratiquaient cette activité, tant elles monopolisaient le petit écran.

Je pris sur moi par conséquent en me disant que, pour une fois, une femme donnerait de la voix pour faire entendre celle de ses consœurs. J'accepte d'ouvrir mes portes, bien avant la fin des travaux du rez-de-chaussée, à une seule condition : celle d'apparaître à l'écran le visage flouté. L'équipe de tournage arrive, un journaliste et un cameraman ; avec le recul, je pense qu'ils s'aperçoivent tout de suite de ma candeur... Je ne demande à signer aucun contrat et l'équipe circule à sa guise dans le salon, sans filmer les clients naturellement.

Juste avant de m'exprimer devant les caméras, je prends la précaution d'acheter des vêtements « straight » : un tailleur jupe en cuir noir clouté, des escarpins de grande série. Je troque bijoux et collier de baptême contre des fanfreluches en toc, bref je me déguise avec une tenue que je n'aurais jamais porteé autrement et que je compte bien offrir à n'importe qui, dès la fin de l'enregistrement !

Arrive le grand jour, celui de la programmation, les enfants, mon mari et moi, sommes tous plantés devant la télé dans le salon familial. Le générique, puis le lancement passent et là stupeur, mon droit à l'intimité, dont nous avions pourtant parlé, n'est pas respecté. Ce n'est pas Lisa Venusia qui apparaît à l'écran mais la petite fille de La Rochelle !

Mes frères apprennent la nouvelle par appels téléphoniques interposés, sur le thème : « Ta sœur est une pute ! Comment peux-tu accepter cela ? » Et mes parents, à peine rentrés d'un séjour à Genève pour me rendre visite, découvrent la vérité à l'heure de l'apéro. Les pauvres n'ont donc plus aucun doute sur la véritable teneur de mon activité... Mon désarroi atteint son paroxysme. Les relations entretenues avec mon frère aîné, déjà plutôt froides, deviennent glaciales. Que faire ? Porter plainte ? Le préjudice est déjà tellement énorme ! Quand je pense que le cameraman, sans doute trop fier d'avoir décroché l'exclusivité d'une vraie pute, a filmé mes pieds durant la moitié du tournage. J'ai comme l'impression de renouer avec mon photographe pervers qui ne changeait jamais de pellicule. Alors baisser la tête ou jeter le masque ? J'estime qu'il est temps de sortir de l'ombre, une bonne fois pour toutes.

Chapitre 18

Cette trahison ne freine pas ma volonté de dévoiler mon activité au grand jour, bien au contraire. De toute façon, le mal est fait, surtout en France. Mes parents sont terriblement gênés vis-à-vis de leurs amis ou de leurs proches. Les pauvres, ils ont engendré une fille pute et fière de l'être ! Parmi leurs connaissances, certaines pensent forcément que les parents portent aussi leur part de responsabilité dans ma déchéance. Quand admettra-t-on que la décision de pratiquer ce métier n'appartient qu'à moi et qu'elle me rend heureuse ?

Le Venusia « nouvelle recette » s'avère une superbe machine à communiquer. Lors de l'ouverture du rez-de-chaussée, j'avais déjà convié des clients, des amis, des journalistes, des voisins. Nous attendions cinquante personnes... deux cents sont venues. La même chose se produit pour l'inauguration du deuxième étage. Plusieurs centaines de convives se pressent pour découvrir (et certains les ont déjà testées) nos nouvelles chambres. Mireille Darc est également présente parce qu'elle souhaite faire un reportage sur la prostitution pour France 3. Nous nous entendons très bien, je découvre une femme très ouverte, à l'écoute, loin de la star et des clichés qui lui collent à la peau.

Je reçois de plus en plus de sollicitations pour accueillir des reportages. Ils s'enchaînent sans arrêt, toutes les trois semaines en moyenne. J'y apparais comme Lisa Venusia qui dirige le plus grand salon érotique de Genève. Lors d'une soirée à Paris organisée par la revue *L'Amateur de cigare*, un rendez-vous annuel que nous ne manquons jamais avec Daniel, une femme que je considère vraiment comme une amie, une ex-journaliste au *Madame Figaro*, m'emmène à sa table. Lisa Venusia, annonce-t-elle sobrement. Les hommes assis autour de la table ont bien compris que ce n'est pas mon vrai nom et que je ne dirige pas un cabinet d'experts-comptables. Mais personne ne pose de questions... Le cas contraire ne m'aurait pas dérangée alors qu'il y a quelques mois encore, j'assumais mal mon statut de pute en société. Mon attitude variait selon la personne que j'avais en face de moi.

J'adore le cigare, en allumer un et laisser filer le temps en fumant, ma détente préférée à tout bien réfléchir. C'est encore Daniel qui m'a transmis ce virus. Du coup, nous assistons souvent à des soirées où des personnes d'horizons divers viennent échanger autour de cette passion, leurs découvertes, leurs cigares ou terroirs favoris, des questions futiles pour les profanes mais de la première importance pour les initiés. Un soir, un rendez-vous est fixé dans un club assez élégant de Genève. Arrive le moment que je déteste, celui du tour de table où il faut se présenter ; en Suisse tout le monde n'est pas banquier, n'est-ce pas… C'est mon tour : je suis propriétaire d'un salon érotique, dis-je. En face de moi, un homme, un Turco-Américain me lance que la seule personne capable de prétendre posséder un salon est la propriétaire du Venusia. « C'est moi », lui répondis-je en me levant afin de lui tendre la main. Un grand silence s'installe et tous les convives se retournent alors pour découvrir l'attraction de la soirée. C'est-à-dire moi. Il ne manque que les applaudissements.

La scène ne s'achève pas là... Mon voisin d'en face continue en décrivant avec une grande précision le Venusia, sans omettre la mezouzah qui est sur mon bureau. Un détail uniquement connu par les personnes qui ont vraiment mis les pieds au salon ! Que cet homme déclare devant cette belle assemblée qu'il lui arrive de fréquenter des prostituées me va droit au cœur. S'il l'assume ainsi, alors qu'il est du bon côté de la société, je peux moi aussi assumer mon métier, même si l'on me classe plutôt du mauvais côté de la société.

Depuis cette soirée, je n'ai plus jamais dévié de ma ligne de conduite : toujours dire la vérité, rien que la vérité. Et je me fiche de choquer, voire de dégoûter certaines personnes, le plus souvent de sexe féminin, dois-je préciser. Elles décrètent que je suis une femme de mauvaise vie, en somme une pauvre pute. Qu'elles continuent à le croire, certes ; mais qu'elles sachent que j'aime ma vie. Et que pour rien au monde, je ne l'échangerais contre la leur.

Je comprends en même temps que les femmes ne me considèrent pas comme l'une des leurs. Ma profession traîne une mauvaise réputation depuis l'origine du monde. C'est parfois justifié, d'autres fois véritablement injuste. Il m'est arrivé que des épouses bafouées me contactent. Elles ont généralement découvert mon numéro dans le portable de leur mari. Certaines m'appellent pour me dire que je leur vole leur époux ou encore que je mets leur famille en danger. J'ai enregistré certaines conversations pour les réécouter plus tard, à tête reposée. L'une de ces femmes me disait, à la fin d'un long monologue, assez poignant dois-je reconnaître, qu'elle faisait désormais du bénévolat dans une association de défense des prostituées. Ces associations font un travail de prévention exemplaire.

En revanche, en réécoutant une deuxième fois le message de cette femme, je doute de sa véracité. Elle me dit que je vole son mari, tout juste si je ne retire pas la nourriture de la bouche de ses enfants, et termine son monologue avec le couplet rituel sur ces pauvres prostituées ! Tout cela sent le cliché préfabriqué à mille lieues. Evidemment, je suis une tentatrice, je le revendique, davantage encore depuis que je fais toute cette publicité autour du Venusia. Mais je garde aussi le souvenir de mon premier mari qui m'a proprement dépouillée, je connais aussi les coups de vice dont un homme est capable…

L'une de mes autres « victimes » me soumet en revanche un scénario que je n'aurais jamais imaginé seule. Je suis cocue, me dit-elle, cela ne me fait pas plaisir mais j'ai envie de lui rendre la pareille en venant travailler chez vous… Peut-on en parler ? Plutôt amusée par cette proposition, j'accepte sans réfléchir. En raccrochant, j'imagine la tête de son mari s'il tombe nez à nez sur sa femme en petite tenue et maquillée outrageusement dans le salon du Venusia !

Finalement, l'affaire ne se fit pas, cette dame offensée, et sans doute très respectable, recula au dernier moment. Et c'est tant mieux. Si toutes les femmes trompées venaient se venger chez moi, je serais bientôt obligée d'ouvrir un étage supplémentaire !

Plus sérieusement, la majorité de nos clients (les obsédés sexuels sont une catégorie à part) viennent chercher ici ce qu'ils n'ont pas à la maison. Je le constate tous les jours avec les pratiques les plus demandées par ces messieurs… La fellation et la sodomie, comme par hasard ! En parlant de fellation, je me souviens d'une autre anecdote assez étonnante. Une femme m'appelle un jour en me disant que son mari rêve de fellation, à un point que cette obsession met son couple en péril. Problème : elle ne veut absolument pas lui offrir ce plaisir. Trop dégoûtant, juge-t-elle et de toute façon, elle ne sait pas comment faire. Son plan : venir me voir avec son mari et que je lui fasse une fellation devant ses yeux. J'accepte, voilà un petit jeu tout à fait dans mes cordes.

Le jour venu, ce couple plutôt jeune débarque le sourire aux lèvres. Nous allons tous les trois dans la chambre Safari. L'homme se déshabille, je suis déjà prête en string et en guêpière, la femme me précise tout de suite qu'elle ne participe pas, qu'elle se contente de regarder. Elle commence malgré tout à enlever ses vêtements. Je l'arrête immédiatement en lui disant que si elle reste inactive, ce n'est pas la peine qu'elle se déshabille. Les clients payent mais je suis chez moi, je n'ai aucune pudeur quand il s'agit de le leur faire comprendre… Passons sur les détails, l'affaire se passe plutôt bien, je mets ma longue expérience en pratique pour calmer toutes les frustrations de cet homme. Qui de son côté ne cache pas sa satisfaction d'avoir insisté pour enfin découvrir les joies d'une bonne pipe.

Le couple repart bras dessus, dessous. J'ai passé un agréable moment en leur compagnie. Eux aussi visiblement, puisqu'ils reviennent peu de temps après. Cette fois-ci, j'autorise la femme à se déshabiller puisqu'elle accepte d'embrasser les cuisses de son mari pendant que je m'occupe de lui. Je prends le temps aussi de l'instruire en lui dévoilant quelques-uns de mes secrets. Pas encore suffisant pour qu'elle passe à l'acte. Ce qu'elle fait lors de notre troisième rendez-vous, du bout des lèvres, en posant délicatement sa langue sur le sexe de son mari. Toutes ces séances de travaux pratiques s'avèrent bénéfiques au final. Mieux, un certain courant de sympathie s'installe entre nous. Encore aujourd'hui, nous nous voyons tous les trois. Une fois, l'homme est venu me voir seul, sa femme était en voyage d'affaires, mais pour ne pas déroger à notre règle, c'est elle qui a téléphoné pour fixer le rendez-vous. L'amour, c'est simple comme un coup de fil, parfois…

Chapitre 19

Ma nouvelle ambition : me servir du Venusia et de ma notoriété pour défendre la cause des prostituées. C'est dur à croire qu'une proxénète monte au créneau, à visage découvert, pour un combat que tout le monde croit perdu d'avance, que les putes soient considérées comme des femmes « normales », capables d'avoir une vie sentimentale et familiale. Mais j'ai l'habitude d'aller à la barre d'un tribunal, affronter la justice ne me fait absolument pas peur. Même si c'est parfois pénible…

La procédure de l'affaire de la place du Cirque court toujours. Cette affaire affecte vraiment notre vie. Notre honneur reste bafoué.

Ce n'est pas une raison pour baisser les bras sur les autres fronts. Celui des hôtesses qui travaillent à domicile par exemple. J'exige qu'elles puissent exercer sans l'autorisation de leur propriétaire. Souvent un brave homme, qui connaît l'activité de sa locataire, peut augmenter son loyer, en la menaçant de la congédier sur-le-champ si elle refuse. En toute bonne conscience, puisqu'il ne pourra jamais être accusé de proxénétisme.

En revanche, je ne me battrai jamais pour que les filles aient le droit de pratiquer dès seize ans, l'âge de la majorité sexuelle en Suisse. Qu'il reste fixé à dix-huit ans... A seize ans, les filles sont encore de vraies enfants. A dix-huit aussi, je déplore d'ailleurs d'avoir de plus en plus de candidates aussi jeunes. Quand elles arrivent, je leur touche le nez pour leur faire comprendre que du lait en coule encore. Une manière de les renvoyer chez elles. Certaines restent quand même.

Une autre lutte me tient également à cœur : que toutes les filles de la Communauté européenne, Bulgares et Roumaines comprises, puissent désormais travailler à Genève. Alors qu'elles sont libres de le faire à Berne, à Bâle, à Zürich et même à Lausanne. Nous touchons là un point particulier du système suisse. La loi fédérale chapeaute tout, libres ensuite aux cantons d'interpréter la loi comme bon leur semble, c'est pourquoi celui de Genève reste l'un des cantons les plus drastiques à propos du travail des étrangers. Plus terre à terre, j'avoue aussi que les Roumaines et les Bulgares sont vraiment de bonnes recrues, peut-être moins jolies que les Hongroises, elles ont beaucoup plus d'enthousiasme au travail. On va encore me soupçonner d'exploiter ces filles, mais c'est la stricte vérité et au final ce sont elles qui profitent de leur travail, avant moi.

Il faut bien comprendre que je suis aussi devenue une femme d'affaires. J'ai entrepris, je paye de grosses charges et si les filles qui travaillent chez moi sont indépendantes, c'est-à-dire qu'elles payent leurs cotisations elles-mêmes, j'ai aussi quelques salariés, quatre plus précisément, chargés de l'entretien de cette maison un peu particulière. Je ne rentre pas dans le détail des autres factures, l'électricité ou le chauffage. Sur ce dernier point, je vous laisse imaginer ce que peut coûter de chauffer les près de 700 mètres carrés d'une maison où tout le monde vit presque nu en permanence. Dans un pays où la température descend souvent en dessous de zéro quelques mois par an.

En revanche, pourquoi n'ai-je pas la possibilité de m'aligner sur la législation qui régit les cabarets de Genève, cette catégorie d'établissement étant peu ou prou les bars à bouchon français ? Eux peuvent vendre de l'alcool, offrir du sexe, employer sans problèmes toutes les filles de la Communauté européenne et même au-delà comme les Russes. Si je veux faire la même chose, oublions l'alcool, je dois d'abord envoyer les filles travailler dans un autre canton afin qu'elles obtiennent un permis de travail. C'est d'un compliqué ! Après tout, je ne suis pas une agence de placement non plus. La grande différence vient du fait que les filles sont salariées dans les cabarets et indépendantes dans les salons érotiques. Les premières, considérées comme des « danseuses », voient leurs cotisations réglées par leur employeur, tandis que les secondes sont des « prestataires de services sexuels ». Elles empochent entre 70 et 80 % de ce qu'elle gagnent et me rétrocèdent le reste pour pouvoir bénéficier des chambres et profiter des dépenses de publicité que j'engage chaque mois pour le Venusia.

Pour dégager de l'argent, je travaille toujours, chez moi ou comme escort.

J'accepte aussi toutes les pratiques écrites sur le menu des plaisirs, pas toujours par plaisir, j'aimerais avoir le luxe de pouvoir choisir, mais en bonne patronne, je dois donner l'exemple.

Heureusement, j'aime le sexe, comment pourrais-je sinon supporter ce métier ? A quarante-deux ans, mes plus belles années sont derrière moi... J'en ai conscience. Qui me désirera encore dans dix ans ? Mes fans, des petits jeunes qui voudront rencontrer une pute historique ? Comme l'a été Grisélidis Réal. J'ai beaucoup d'admiration pour cette femme qui dès les années 70, s'est battue pour obtenir la reconnaissance des droits des prostituées, en occupant notamment une chapelle à Paris. S'installant à Genève en 1977, elle poursuivit la lutte en fondant l'association Aspasie et en écrivant des livres où elle n'occulta pas le côté sordide de la vie d'une pute. Elle est aujourd'hui enterrée dans le cimetière des rois à Genève, entre l'écrivain Jorge Luis Borges, Jean Calvin et un Prix Nobel de la Paix. Rassurez-vous, je n'ai pas cette ambition.

Je constate aussi que le métier de prostituée évolue en fonction des désirs des clients. La loi de l'offre et de la demande, dirait

Daniel, en fin connaisseur des systèmes économiques. Un discours réaliste, sans une once d'amertume. Je ne suis pas à plaindre, j'ai la chance d'avoir une belle famille, mon activité ne souffre pas de la crise et depuis plusieurs mois, les postulantes se bousculent au portillon. Les candidatures françaises notamment, de Paris ou d'ailleurs, de plus en plus nombreuses chaque jour, représentent 40 % des nouvelles demandes ! La crise n'explique pas tout. Ces Françaises ne veulent plus se cacher, chez elles ou dans les quelques bars à hôtesses qui subsistent. Elles veulent en finir avec cette précarité synonyme d'insécurité. Toutes me disent vivre la peur au ventre. Connaissant la nature masculine sur le bout des doigts, je les comprends. Malheureusement, en France, le chiffre des agressions d'escort qui travaillent est en forte progression. Personne n'en parle beaucoup, tout simplement parce que les filles hésitent souvent à porter plainte. Que peut-on faire, nue, face à un homme qui vous menace d'une arme blanche, juste pour dérober, un portable, une carte bleue et quelques billets ? Au mieux. En étant violée en plus au pire. Oui, une pute peut être violée, même si j'entends déjà des âmes charitables crier qu'elles l'ont bien cherché… Qu'elles apprennent donc le vrai sens du mot charité.

Voilà pourquoi je n'ai pu contenir ma rage en lisant l'année dernière dans *Le Parisien* qu'un homme avait agressé plusieurs prostituées avec un couteau à huîtres. Un outil qui me rappelle mon enfance, conçu pour le plaisir de la dégustation et non pour mutiler atrocement une femme qui comme moi, et selon l'expression consacrée, fait commerce de son corps. Ou plus récemment encore, toujours dans le même quotidien, qu'un homme qui a violé plusieurs prostituées chinoises réfutait la notion de viol car une pute n'attendait que cela…

Sans dévoiler nos techniques de protection, de telles situations sont hautement improbables dans un salon érotique. Seule dans une chambre avec un client, une fille ne l'est jamais totalement. Et pas parce que des caméras vidéo surveillent tout. Dans les chambres, l'intimité est sacrée, jamais la moindre image, le moindre son n'en sortiront.

Question sécurité, toutes les filles sont solidaires, malgré leurs différences et leurs différends. Elodie, une jeune Française qui travaille avec moi depuis quelque temps peut en témoigner. Cette Toulousaine de trente ans adore le sexe. Avant de se prostituer aussi, elle enchaînait par pur plaisir les rapports sexuels avec plusieurs partenaires, un loisir qui finit par lui valoir une réputation sulfureuse. Mais elle ne s'en souciait guère. Ce choix dénotait déjà une faim de liberté, mais ce n'est rien par rapport à ce que lui réserve le destin. Comment a-t-elle pu dès lors, passer de la coquine standard à la fleur de pavé ? Sur un coup de tête, tout simplement…

Un soir, suite à une énième dispute avec son père, elle part en claquant la porte. C'est une habitude chez eux. Ils s'opposent, crient, se fâchent, mais ce n'est que pour mieux se réconcilier ensuite. Cette nuit-là, Elodie se rend sur une petite place publique, où elle a pour habitude de flâner, pour y lire et se calmer un peu. Mais à sa grande surprise, l'endroit est bien différent de nuit. Des filles travaillent là. Assise seule sur son banc, elle est fascinée par la beauté de ces femmes et le ballet de leurs allers-retours. C'est l'esprit rêveur qu'elle rentre chez elle. Le lendemain, sa rancœur a disparu, mais une attirance incommunicable demeure.

L'inconsciente décide donc d'y retourner et de tenter sa chance !

Elle se choisit une tenue, ni trop discrète, ni trop voyante. Se maquille, à bon escient. Et essaye de se donner du courage, car son moral n'est alors pas au beau fixe. C'est toute tremblante qu'elle s'adresse à l'une des belles. Les filles ont vite fait de se réunir autour de « la nouvelle ». S'ensuivent rires et moqueries, mais ni question, ni jugement. Bien sûr qu'Elodie est la bienvenue, mais elle ne fait pas assez pute à leur goût ! Elles se chargent donc d'y remédier, et voici notre Élodie se faisant habiller, maquiller par une demi-douzaine de mains expertes et sans gêne. Quelle surprise ! Le rouge à lèvres écarlate, exception nocturne, lui va parfaitement...

Voilà comment une vie peut basculer en 24 heures. Elodie a réalisé son désir profond de baiser contre du fric. Ce qui n'en fait pas une héroïne des temps modernes pour autant ! La détermination d'Elodie m'inspire, toutefois, un certain respect.

J'en ai discuté quelquefois avec elle ; ces quelques semaines, passées à arpenter l'asphalte, restent un bon souvenir pour Elodie. Ce qui franchement, prouve une nature peu commune. Elle dit elle-même y avoir vécu le meilleur comme le pire. La solidarité des filles, la gratitude des clients ou le froid en hiver. Aujourd'hui, elle n'en garde que le meilleur et en parle avec le sourire aux lèvres. Elle aurait peut-être même continué sans la pression sociale et familiale.

Comment est-elle arrivée jusqu'au Venusia ? Par un livre, *Onze minutes* de Paulo Coelho. Ce roman raconte l'histoire d'une jeune Brésilienne qui vient en Suisse pour y danser la samba. Mais incapable de supporter son stupide patron, elle le quitte, sans vouloir quitter ce pays. Le hasard écrit la suite. De fil en aiguille, elle passe par un bordel avant de connaître l'amour. Un bordel ! Les maisons closes existent-elles donc en Suisse ? Incroyable pour Elodie qui décroche son téléphone pour se renseigner sur les démarches administratives. Elle tombe par hasard sur mon comptable qui me transfère l'appel.

J'ai apprécié son assurance, son franc-parler et sa détermination à devenir, contre vents et marées, une pute. « Sur cinq ou six clients par jour, je prendrais bien mon pied une fois au moins, tout en gagnant ma vie », me dit-elle lorsque nous parlons des modalités d'embauche. Aujourd'hui, elle vit à Genève et elle aime la vie qu'elle mène et qu'elle a choisie. Elle avoue volontiers que la prostitution est un moyen de fuir ses responsabilités, faisant toujours primer son côté « petite fille »... Se faire passer pour une victime ? Très peu pour elle. « Je suis plutôt une sportive, je vends une prestation, pas mon corps », me dit-elle un soir alors que nous fumions, des cigarettes à la chaîne pour elle, un havane pour moi, confortablement assises dans les fauteuils club du cigar-lounge du Venusia.

C'est après mûre réflexion qu'elle a choisi d'avouer son secret à son entourage, ce qui eut, bien sûr, l'effet d'une bombe. Du courage ? Pas vraiment, plutôt une certaine idée de la liberté. Ce secret trop lourd à porter, elle s'en est débarrassée le plus naturellement du monde. Libre, elle l'est. Mais est-elle pour autant apaisée, l'air des montagnes suisses aidant ? Rien n'est moins sûr : elle a toujours beaucoup de rage en elle, comme en atteste la colère qu'elle ressentit en découvrant le projet de loi français qui visait à pénaliser le client. Furieuse, Elodie a aussitôt sorti sa plume pour rédiger une lettre à l'attention de tous les députés de l'Assemblée nationale. Je l'ai lue : elle y dit en substance qu'elle est une pute fière et heureuse, et invite tous les députés à venir le constater au Venusia ! Plus étonnant, elle demande à payer des impôts, à être déclarée et reconnue par l'Etat, comme elle l'est en Suisse. Par retenue, elle ne l'a jamais envoyée mais si un élu français souhaite lire cette lettre écrite d'une main qui ne tremble jamais, elle dort dans mes archives. Elodie exige juste la liberté de disposer de son corps comme elle le souhaite. Et en tant que tel, elle demande le respect qui va avec. Je ne peux qu'être d'accord avec elle.

Chapitre 20

Le client, justement, parlons-en. Des associations, Le Nid, par exemple, considèrent que si le client est un « prostituteur », sans lui la prostitution disparaîtrait tout naturellement… Souvenez-vous de la Prohibition aux Etats-Unis, interdire l'alcool n'a pas eu les résultats escomptés, loin de là, les alcooliques buvaient encore davantage, des alcools souvent frelatés, et la Mafia a prospéré grâce à ce marché extrêmement lucratif. Si je raisonnais comme les prohibitionnistes, j'irais encore plus loin en militant pour l'interdiction des fantasmes et pour l'obligation de fournir une femme à chaque homme, personnes handicapées comprises. Je créerais également une administration chargée d'y veiller afin qu'aucun homme n'ait jamais plus la tentation d'aller voir une pute…

J'arrête là mes divagations. Depuis que j'exerce ce métier, sans avoir tenu une comptabilité pointilleuse, j'ai dû accumuler une dizaine de milliers de rencontres ! Je possède donc une vraie connaissance intime de ces hommes qui éprouvent le besoin de fréquenter des prostituées. Je connais leurs motivations, leurs ressorts, je suis par conséquent sans doute mieux placée pour donner mon avis sur la question que nombre de politiques, de juges ou d'associatifs. Même s'ils vont m'attaquer en disant je défends mon business. Pour moi, interdire la prostitution signifie ouvrir un boulevard aux mafias qui traitent les filles comme du bétail en les parquant à la périphérie des villes, dans des bois ou le long des boulevards. En usant des pires violences à leur encontre et à celle de leurs familles. Je pense qu'il vaudrait mieux sensibiliser les clients en leur expliquant qu'en allant voir de pauvres jeunes filles roumaines, le temps de quelques minutes dans leur voiture, ce ne sont pas elles qu'ils payent, mais les hommes les plus détestables qui soient.

Mon salon érotique me permet également d'observer l'évolution des mœurs sexuelles. Au fil des années, je n'ai pas seulement collectionné des gravures ou des photos, je me suis aussi solidement documentée sur l'histoire de la prostitution. Je ne suis pas certaine que c'est vraiment le plus vieux métier du monde. L'homme de Cro-Magnon allait-il s'offrir une pute au retour de la chasse ? Je me pose la question. Et ce ne sont pas les murs des grottes de Lascaux qui vont m'apporter la réponse.

Je sais en revanche que les fantaisies sexuelles étaient sans doute plus raffinées dans les maisons closes de la Belle Epoque qu'aujourd'hui. Il y avait plus d'imagination comme en attestent les menus des réjouissances des établissements qui ont fermé leurs portes en 1946, au moment de la loi Marthe Richard. Seul problème : les pensionnaires vivaient enfermées au sens propre du terme, ne sortaient qu'accompagnées par la tenancière et n'étaient jamais à l'abri d'une maladie vénérienne qui pouvait les envoyer dans l'une de ces horribles prisons pour femmes, comme Sainte-Pélagie à Paris, dirigées par des religieuses dont la tâche était de remettre leur âme dans le droit chemin. Je vous laisse imaginer le tableau.

En presque deux décennies, je constate également que les clients ont beaucoup changé. La généralisation du porno n'y est pas étrangère. Nous en avons beaucoup regardé avec Daniel, en nous demandant s'il fallait en diffuser dans les chambres. Il faut bien se mettre au goût du jour… Il n'y en a pas pour l'instant, mais pour combien de temps encore ? Même les filles en ont envie, elles disent que regarder des films dans la chambre avec un client pourrait leur donner des idées…

C'est le cas de Zoé. Lorsque cette très jeune fille, aux très longs cheveux noir corbeau, se présente, je lui demande illico de me présenter sa pièce d'identité afin de justifier son âge. Elle a bien dix-huit ans même si j'ai du mal à le croire ! Elle prétend même être mère depuis quelques années.

Elle est si belle, fraîche et menue que j'ai presque honte de la compromettre ainsi. Elle me paraît innocente, quasi angélique. Mais après avoir entrepris de la dissuader d'entrer dans ce métier, je constate qu'elle n'est vraiment pas farouche.

Au début, entre deux clients, Zoé passe ses journées entières le nez rivé sur son ordinateur. Elle reste dans une optique strictement professionnelle. Ses consœurs ne sont pas des amies, et ne le seront jamais. De nationalité suisse, elle ne parle pas couramment le français qu'elle apprend avec des filles francophones et surtout en se passant en boucle des pornos pour parfaire son vocabulaire sexuel. Elle finit même par acheter une encyclopédie, afin d'approfondir sa connaissance du Kama-sutra. Une jeune fille qui a pris son instruction en main !

Quand j'ai commencé la prostitution, il y a dix-huit ans, la sodomie représentait la plus grande des transgressions. Aujourd'hui, c'est une pratique de plus en plus demandée, elle s'est complètement banalisée. Je me souviens d'une soirée assez mouvementée où j'avais littéralement dû enchaîner les clients. Et tous me demandaient la même chose : une sodomie justement ! Le début démarre gentiment avec un homme pas très bien monté. Mais plus la soirée avance, plus les sexes sont gros. Le dernier surtout, mon cinquième client tout de même. Le prenant dans la bouche, je me demande déjà comment j'allais supporter la suite sans trop serrer les dents. Pas de panique, j'ai toujours des préservatifs XL et beaucoup de gel. Effectivement, ce n'est pas facile mais comme je suis bien préparée par les assauts précédents, mon client se retire fort satisfait.

A un tel point qu'il me rappelle pour une séance d'escorting chez lui. Ce ne fut pas facile cette fois-ci, un vrai fiasco même si les choses ont pu se faire, alors que le pauvre croyait enfin avoir trouvé la femme capable d'assouvir son fantasme.

L'explication est simple, même si elle peut paraître bizarre pour une personne ignorante de la chose. La facilité à accepter ou non la sodomie ne dépend pas seulement de la personne, mais aussi du moment, de l'ambiance, de l'état d'esprit. Même si pour moi c'est en général « business as usuel », il est des jours où ça passe moins bien. Et justement, cette deuxième rencontre fut l'occasion pour ce client de tomber sur l'un de ces rares moments. Je ne l'ai plus jamais revu.

Ce qui ne m'a pas découragée de poursuivre dans cette voie. La preuve : un homme d'affaires en escale solitaire dans son hôtel prend rendez-vous par e-mail. Sa consigne : ne pas frapper à la porte, la pousser seulement, elle sera ouverte. Arrivant avec un peu d'avance, j'imagine plusieurs cas de figure, notamment que cet homme est handicapé. Je pousse la porte et je m'aperçois tout de suite qu'en dépit d'une sévère obésité, il ne présente aucun handicap.

Planté face à la porte d'entrée, les coudes posés sur le rebord de la fenêtre, mon client m'interpelle afin de s'assurer que je pratique bien la sodomie. Joignant le geste à la parole, son buste et son bassin se cambrent en avant, il prononce une onomatopée surprenante : « Anal Bang Bang ? ».

J'acquiesce avec l'assurance de mes années de pratique, tout en remarquant une importante protubérance au niveau de son bas-ventre... Mon enthousiasme diminue tout à coup ! Hors de question pour autant de me défiler, je sais qu'un inconfort physique reste domptable dans tous les cas... Mon client se déshabille rapidement, je découvre alors des testicules volumineux. Je ne suis décidément jamais au bout de mes surprises... Une parfaite technique me procura, contre toute attente, un plaisir auquel je répondis avec la meilleure volonté. Connaître l'autre est le meilleur des atouts lorsque l'on pratique l'amour vénal.

Autre pratique dont la demande connaît une hausse exponentielle, là aussi chez les clients amateurs de films X : la fellation impériale, dans laquelle la femme avale le sperme de son partenaire en lui montrant bien que cela lui procure un immense plaisir. Pour en finir avec les pratiques de plus en plus demandées, prenons le cas du baiser. Avant, une pute n'embrassait pas, encore moins avec la langue, un plaisir qu'elle réservait à son compagnon. Aujourd'hui, à Zurich, une fille qui refuse de le faire, ne travaille pas, un point c'est tout. Je vous l'accorde, embrasser n'est pas la pratique sexuelle la plus audacieuse du catalogue mais le faire avec une pute revient à transgresser le plus grand des interdits.

Heureusement, dans ce monde de transgression, subsistent quelques romantiques. Comme ce Français délicat qui quitte son Sud-Ouest une fois par an pour me rendre visite. Le reste de l'année il m'écrit des poèmes, je ne peux résister au plaisir de vous en faire partager un :

Chère Lisa
Descendue du ciel
Sur les ailes d'un ange
Jusqu'au Venusia
Emotion pure
Quand tes lèvres pulpeuses
S'aventurent et soudain
Notre corps prend feu.

Béni soit le Seigneur
Qui t'a fait naître
Et confié pour mission
De donner du plaisir.

Chapitre 21

Le poète a raison, le plaisir est mon métier. J'aimerais que toutes les nouvelles candidates partagent mon point de vue. Depuis quelques mois, elles n'ont jamais été aussi nombreuses à postuler au Venusia. Une affluence qui n'en finit pas de m'étonner, surtout lorsque je découvre leur âge : la plupart ont dix-huit ans mais elles sont déjà très averties sur les choses du sexe. Le porno toujours ? Internet ? Les réseaux sociaux ? Un mélange de tout ça sans doute. Internet a vraiment changé la donne dans le monde de la prostitution. Autrefois, les clients espéraient toujours tomber sur des filles sublimes, ils repartaient souvent déçus. Aujourd'hui, de nombreuses filles ont plutôt le physique de la « girl next door », normales en un mot. Comme les hommes ont consulté leurs photos avant de les rencontrer, il y a moins de surprise, dans un sens comme dans l'autre. Le fantasme est à portée de clic. Mon site est ainsi consulté 700 à 800 fois quotidiennement avec des pics qui atteignent les 1 200 consultations les jours fastes. J'imagine la fréquentation d'un site porno gratuit, elle doit être énorme !

Comme les filles, les clients ont sérieusement rajeuni. Comment expliquer qu'un jeune homme éprouve le besoin de s'initier sexuellement avec des prostituées ? Toujours le porno sans doute et le culte de l'excellence qu'il instille dans les esprits juvéniles. Quand je parle de culte de l'excellence, il faut le prendre au second degré évidemment.

En revanche, si la majorité des filles qui travaillent dans l'industrie du X sont refaites, je m'aperçois que les clients du Venusia préfèrent désormais les filles nature. Une bonne nouvelle. Le sexe surferait-il aussi sur la vague écolo ? Peut-être bien, je constate en tout cas que les filles naturelles et surtout grandes, fines et blondes récoltent tous les suffrages.

A ce propos, l'expérience d'une jeune fille espagnole m'avait déjà mis la puce à l'oreille. Charmante, de la pointe des pieds aux racines des cheveux, elle n'avait qu'un petit défaut : des seins qui tombaient quelque peu. Il faut savoir, qu'entre nous, le physique des unes et des autres, les peaux d'orange, la cellulite, ces hantises typiquement féminines, sont des sujets de discussion très importants dans l'intimité de la salle commune.

Donc cette jeune Espagnole, s'estimant défavorisée par sa poitrine, décide de se doter d'une nouvelle paire de seins. Plus fermes et tant qu'à faire plus volumineux. Soit dit en passant, je soupçonne son petit ami, qui lui vit en Espagne, de l'avoir légèrement encouragée dans cette voie. Je ne connais pas exactement la nature de leur relation, mais je me demande aussi s'il ne profite pas de ses largesses. Bref, elle se fait opérer, l'intervention se déroule sans problèmes, sauf qu'elle ne respecte pas totalement le temps de la cicatrisation... Là encore, je me demande si son copain ne l'a pas renvoyée un peu trop vite à Genève... Résultat : les plaies s'infectent, un spectacle peu séduisant. Tout finit malgré tout par rentrer dans l'ordre. Aujourd'hui, ses seins sont très beaux... Parfait, sauf que ma jeune Espagnole a perdu depuis le tiers de son chiffre d'affaires, ses fidèles clients ne lui trouvant plus le même charme qu'avant. La perfection ne paye pas toujours, c'est le cas de le dire...

Ce rajeunissement des clients comme des filles crée un vrai problème dans la profession. On est vieille beaucoup plus vite qu'avant. Les anciennes ont donc de plus en plus recours au Botox en espérant stopper les outrages du temps. A Genève, je suis la seule dirigeante de salon à embaucher des filles de plus de trente-cinq ans ! Elles sont très prisées par les jeunes garçons qui s'encanaillent les nuits de week-end. Prenant leur courage à deux mains, en sortant de boîte, ils viennent voir une MILF (*« Mother I'd Like to Fuck »*, des mères de famille « bonnes », selon la terminologie du porno).

Pour s'en sortir, ces filles n'ont pas trente-six solutions : elles doivent fidéliser leur clientèle et surtout avoir un plan d'avenir. Je leur accorde vraiment une attention toute particulière. Certaines sont devenues des amies comme Lena dont je vous ai déjà parlé ou Natacha. C'est la « doyenne » de mes filles. Physiquement, elle reste toujours fort attirante mais les années filent vite et la retraite arrive plus vite que dans d'autres secteurs.

En se prostituant, une fille sérieuse peut gagner entre 15 et 20 000 euros par mois. Un revenu que rien ne garantit, sauf le travail. Une fille qui accepte de nombreuses pratiques gagne forcément plus d'argent que sa collègue plus prude. Là-dessus, il ne faut pas oublier toutes les retenues pratiquées par l'Etat suisse. Comme toute personne indépendante, une fille est imposée sur la base de son bénéfice. Elle peut comptabiliser comme charges toutes les dépenses liées à son activité, comme ses déplacements pour se rendre sur son lieu de travail, sa garde-robe professionnelle (la lingerie notamment), ses frais de coiffeur et d'esthéticienne, etc.

Le montant de ses revenus imposables est basé sur celui qu'elle déclare ; et sur ce montant, est aussi déduit le paiement des charges sociales (assurance vieillesse, assurance chômage – même si un indépendant ne peut pas en obtenir des prestations – assurance maternité – en Suisse même les hommes doivent y cotiser). Cela représente environ 10 % de leur revenu net.

Et comme toute indépendante, elle peut aussi cotiser à une assurance retraite par capitalisation, qui concrètement correspond au « 3e pilier B », dont le montant annuel déductible fiscalement correspond à 20 % du revenu. En ce qui concerne l'assurance maladie, les conditions sont les mêmes que pour un salarié. Le montant n'est pas lié au revenu, et les cotisations d'assurance sont déductibles fiscalement.

Les taux d'imposition peuvent difficilement être avancés ; ils dépendent du montant du revenu, du lieu de résidence (chaque canton suisse ayant un barème différent, et chaque commune aussi). Ainsi, une indépendante qui a un chiffre d'affaires supérieur à 100 000 francs suisses par an sera aussi assujettie à la TVA (sur un taux actuel de 8 %).

Les plus sérieuses, celles qui ne jettent pas leur argent par les fenêtres, ont donc de quoi thésauriser pour investir ou créer un business. Je les encourage à le faire sans cesse. Je suis par exemple soulagée de savoir que Natacha songe à créer une entreprise de services ; lucide, elle sait qu'elle devra bientôt arrêter sans avoir pour autant le luxe de ne plus rien faire. Elle a déjà acheté une maison, chez elle, dans un pays de l'Est. Mais a-t-elle envie d'y retourner finir ses jours alors que sa vie est aujourd'hui en Suisse ?

C'est pour cela, qu'aujourd'hui, je vois d'un autre œil ces jeunes filles pimpantes, voire arrogantes, qui débarquent au Venusia sans vraiment savoir ce qui les attend. Recrudescence des candidatures oblige, j'ai revu ma « grille » d'embauche. Aimer le sexe, avoir la capacité de vivre en communauté restent bien évidemment des qualités premières. Pourtant j'hésite devant une candidate qui réunit ces deux conditions mais qui est prise à la gorge financièrement. Prête à les nourrir si elles arrivent le ventre vide, ce qui est malheureusement trop souvent le cas, je ne les embauche plus alors que je l'aurais fait dans le passé. Je préfère de loin les filles réfléchies qui arrivent leur billet de retour dans la poche, au cas où. La prostitution telle que je la conçois… un monde en voie de professionnalisation extrême, diront mes détracteurs nostalgiques de la gentille catin. Certes, mais je n'ai jamais considéré mon activité comme une affaire d'amateurs. En même temps, nous restons des marginales, le Venusia accueille toujours des drôles de cas. Qui me manqueraient si elles me quittaient. Candy par exemple. Mais il est certain que si elle se présentait aujourd'hui...

La première fois que je l'ai vue, Candy devait frôler la quarantaine mais elle avait la mentalité d'une adolescente de dix-sept ans. Je l'engage, non par pitié, plutôt pour la prendre sous mon aile, elle a un je-ne-sais-quoi qui me touche. Elle est Bulgare et je remarque qu'elle n'avait pas très bien compris ce qui l'attendait ici. Elle était à mille lieues de penser au sexe, jusqu'à son premier client ! Franchement, je n'avais encore jamais engagé une fille qui ne savait pas qu'elle mettait les pieds dans un bordel. L'ayant enfin compris, et pour cause, elle se fait ensuite expliquer l'art de la fellation par une fille qui a dû bien rire, puis par une autre la meilleure manière d'enfiler un préservatif sur un sexe d'homme ! Elle a encore dû rire davantage puisque Candy était persuadée qu'il fallait en mettre trois pour ne pas user celui du milieu !

Mais pour comprendre Candy il faut remonter à son enfance en Bulgarie à l'époque soviétique. Dès l'âge de cinq ans, elle représente un des grands espoirs de la gymnastique bulgare. Elle suit un entraînement inhumain pour devenir une championne olympique.

Elle en porte encore les stigmates aujourd'hui, son corps n'a toujours pas éliminé tout ce qu'on lui a injecté dans l'espoir hypothétique qu'elle gagne une médaille d'or.

Ses collègues m'ont souvent demandé pourquoi je la gardais dans l'équipe. Je réponds invariablement que nous portons tous une croix et Candy est ma BA. Même s'il me prend souvent l'envie de la renvoyer à force de l'entendre me poser cinquante fois la même question. Pourtant, Candy est la seule pensionnaire du Venusia qui fréquente ma fille. Toutes les deux vont de temps en temps s'offrir une glace ou faire un tour de manège à la fête foraine, comme deux copines du même âge. Avec Candy, je n'ai aucune inquiétude pour Leah. Je pense même que ma fille joue le rôle de l'adulte dans ce drôle de duo…

Dernièrement, un appel de Candy m'a embarrassée dans le hall de l'immeuble où nous vivons. Je suis devant l'ascenseur, le portable vissé à l'oreille. Candy me demande un service : celui de pouvoir dormir au Venusia. Je refuse naturellement, si je dis oui, comment pourrais-je dire non aux autres filles. Bref, comme d'habitude avec elle, le ton monte rapidement d'un cran et je lui dis :

« Tu n'es qu'une pute comme les autres, alors ferme-la, maintenant ! »

Sur ce, je ne remarque pas l'homme qui attend l'ascenseur en même temps que moi. Je baisse d'un ton avec Candy en l'embrassant avant de raccrocher, telles deux bonnes amies qui viennent de se chamailler pour une paire de chaussures que l'une a achetée avant l'autre sans la prévenir… Mon voisin me demande alors dans quel domaine je travaille. Ne mentant plus jamais à ce propos, je lui réponds que je dirige un salon érotique. « Un salon érotique à Genève, il n'y a que le Venusia », me glisse-t-il l'air entendu. Une fois de plus, j'en déduis que mes investissements publicitaires servent à quelque chose.

Je fais cette digression autour de Candy pour bien vous faire comprendre que mon salon érotique n'est pas une usine de filles que j'exploite pour m'enrichir. Je le répète, mon système est celui qui régit les salons érotiques du canton de Genève : les filles encaissent elles-mêmes les recettes de leurs clients, et me reversent un montant (qui correspond à environ 30 % de leur recette) chaque fois qu'elles ont utilisé la chambre pour servir un client, au titre de la location des chambres et de la publicité que je fais pour attirer les clients au Venusia. Je n'essaye pas non plus de me faire passer pour une simple hôtelière. J'aurais bien moins d'ennuis qu'en exerçant la profession de proxénète.

Heureusement, je suis vaccinée contre toutes les rumeurs que l'on raconte sur mon compte. Elles sont souvent colportées par nos concurrents qui, dans ce domaine, ne manquent pas d'imagination, contrairement à la manière dont ils mènent leurs affaires. La plupart des nouvelles recrues étaient ainsi persuadées que Daniel disposait du droit de cuissage au Venusia. Elles me demandaient régulièrement quand il allait venir... Je ne comprenais pas, la patronne, c'est moi et personne d'autre. Une fille un peu plus téméraire que la moyenne vint me trouver en me disant qu'elle aimerait être prévenue à l'avance de la venue de mon mari. Ayant enfin trouvé un salon à sa convenance, elle voulait lui prouver son attachement... Je fus prise d'un fou rire. Je lui ai conseillé de ne surtout pas s'approcher de Daniel si elle avait envie de rester chez moi !

Avec toutes ces filles qui veulent venir travailler au Venusia, je me demande parfois si la prostitution n'est pas en train de se banaliser. Pour la première fois, j'ai même reçu la visite d'une mère qui venait voir si sa fille était bien installée. Une situation pas facile à vivre pour moi, car je ne savais pas si elle venait me reprocher de garder sa fille ou seulement voir ses conditions de travail, ce qui était en fait le cas. N'ayant rien à me reprocher sur ce point, j'en fus soulagée mais j'y pense encore…

Actuellement Genève est trop souvent dépeint comme l'eldorado de la prostitution par les médias français. Argent facile, sécurité garantie, cotisations vieillesse et santé assurées, les arguments ne manquent pas. Sur ce point, les articles ne mentent pas mais le mot Eldorado me hérisse. La prostitution ne sera jamais un eldorado, encore moins un paradis. C'est un métier dur, parfois destructeur, il faut développer une force de caractère peu commune pour en sortir indemne et la tête haute.

La prostitution ne sera jamais un métier comme un autre. Parce que la pute vit dans la peur permanente d'être découverte par hasard par un proche ou, pire, par un membre de sa famille.

Les Françaises qui viennent sonner à ma porte doivent le comprendre, sous peine de vivre de cruelles désillusions. Surtout celles qui profitent du système et continuent par exemple de percevoir leurs indemnités de chômage alors qu'elles gagnent plusieurs milliers de francs par mois au Venusia.

Je m'emporte, c'est la chef d'entreprise qui parle. La chef d'entreprise qui prend le soin de recevoir régulièrement une à une chaque fille pour écouter leurs doléances ou leurs idées pour améliorer leurs conditions de travail. Je dois parfois faire de drôles d'arbitrages ; certaines filles veulent installer des minuteurs dans les chambres, à mes yeux une hérésie pour les clients, je transige en donnant mon accord pour installer une horloge dans chaque chambre. Autre débat : faut-il installer une barre de lap dancing ? Lara se propose de nous donner quelques cours pour réussir à se hisser jusqu'à son sommet. Je veux bien montrer comment en descendre, à condition que les filles m'aident à y grimper… Fous rires garantis. Comme Sarah et son doigt. Chaque fille a la possibilité d'ouvrir la porte d'entrée sans sonner, juste avec son index, grâce à un système d'identification digital. Après bien des essais infructueux, elle sonne obstinément pour qu'une autre fille lui ouvre la porte.

Au bout d'une semaine à lui répéter tous les jours qu'elle utilise simplement son doigt, elle me répond bêtement que « son doigt ne marche pas » en me montrant sa main droite. Hors, petite précision, ce système n'obéit qu'à l'index de la main gauche, dont les empreintes digitales sont moins abîmées et plus régulières. Je lui demande alors de me montrer quel doigt elle utilise, et lui fais remarquer qu'elle se trompe de main... elle me montre ses deux index en me disant « pourtant ce sont les mêmes » !

Même si ma vie est parfois usante, il n'est pas question un instant de prendre ma retraite. J'aurais trop peur de m'ennuyer, de me retrouver face à un grand vide effrayant. Tout au plus, la quarantaine passée, puis-je tirer un premier bilan de toutes ces années consacrées à me battre pour construire ce que je considère comme l'œuvre de ma vie.

Toutes ces difficultés m'ont rendue plus tolérante, plus à l'écoute des autres. Si tout cela était à refaire, je le referais bien sûr. Autrement, je m'imagine bien travailler dans une maison de retraite, m'occupant de vieilles personnes ou alors de personnes handicapées.

Quand je parle de tolérance, c'est aussi pour dire que je ne porte plus de jugement sur les gens. J'en préfère certains à d'autres, quelques-uns m'indiffèrent. Je crois aussi que tous les hommes peuvent être bons en dépit de pulsions parfois un peu bizarres, dois-je reconnaître. Je m'y expose à travers mon métier et j'accepte de m'y confronter. En ne déviant jamais de mes sept « commandements » :

Jamais d'abattage.

Ne travailler qu'avec des filles consentantes.

Ne travailler qu'avec des filles légales selon la loi suisse.

Ne travailler que dans des conditions d'hygiène irréprochables.

Ne pas me sentir exploitée, donc ne pas exploiter les autres.

Ne rien faire pour la gloire.

Avoir la liberté de refuser un client, sans donner de justification.

Je suis moins procédurière aussi, même si j'ai dépensé 180 000 francs suisses de frais de justice l'année dernière. Le prix à payer entre autres, pour retrouver notre honneur bafoué dans l'affaire de la place du Cirque. Elle est définitivement classée et Daniel et moi sortons totalement blanchis de cette affaire qui nous a fait beaucoup de mal. Je ne peux m'empêcher de noter au passage que l'un des inspecteurs qui nous accusait d'exploiter les filles dirige aujourd'hui son propre salon érotique... La roue tourne. Ce qui ne m'empêche pas d'avoir désormais les meilleures relations avec la police genevoise.

Si j'ai mis de l'eau dans mon vin, je garde en revanche la même détermination et les mêmes convictions à propos de mon métier. Les prostituées doivent rester indépendantes. Elles doivent satisfaire leurs clients dans le cadre des limites qu'elles se donnent et non pas l'inverse, en subissant celles que le client veut imposer.

Dans le même ordre d'idées, aucune fille ne peut travailler chez moi sans signer un contrat, il stipule naturellement qu'elle est libre de partir, à tout moment, selon sa volonté. Certaines partent même pour se marier. Une fin heureuse que je leur souhaite. Depuis la naissance du Venusia, elles sont quatre à nous avoir quittées ainsi. La première pour vivre une maternité longtemps désirée mais sans cesse reculée par manque de sécurité financière ; la deuxième pour un mariage que l'on peut qualifier de princier ; la troisième pour retrouver un homme dont elle s'était séparée pendant un an, pensant que son amour était à sens unique ; la quatrième enfin suite à un coup de foudre.

Dans tous les cas, quitter une fille avec qui j'ai eu de bons rapports professionnels n'est jamais facile pour moi, surtout si je ne sais pas ce que lui réserve l'avenir. J'ai eu affaire à toutes sortes de filles, avec ou sans bagages professionnels. Leurs seuls points communs sont leur désir d'amasser de l'argent et de combler leur plaisir sexuel. A part cela, très peu de coïncidences. Jamais ces filles ne se seraient croisées dans la vie de tous les jours. Nombreuses sont celles qui partent pour revenir très vite. Par respect de leur choix, je ne reprends jamais contact avec une fille qui part.

Les seules avec qui je reste toujours en contact sont aussi mes deux seules amies « professionnelles » : Lily et Lucy. Avec Lucy, j'ai toujours un certain lien que je ne veux pas couper. Lily représente un cas tout à fait à part. C'est la seule fille avec qui je peux m'évader une semaine, loin de tous, en entretenant de vraies conversations. Je peux compter aussi sur sa sincérité, sans me juger, elle n'hésite jamais à me dire si je fais fausse route.

Pendant très longtemps, j'ai refusé d'avoir des amies. Je ne tenais pas à ce qu'elles passent, en société, pour des collègues de travail. Heureusement, tout cela a changé, j'ai désormais des amies qui connaissent toutes mon activité. Je ne voudrais à aucun prix les prendre au dépourvu et qu'elles pâtissent de ma réputation.

Je vous ai aussi beaucoup parlé de ma haine des macs sans vous dire comment je les reconnaissais. C'est très simple, je découvre vite les filles qui travaillent sous la coupe d'un souteneur. Tellement sûrs d'agir en toute impunité, ces hommes agissent à découvert. La plupart passent, par exemple, leur journée dans leur voiture garée juste devant le Venusia. Quelle discrétion ! Chaque fois qu'un homme rentre, ils appellent trente secondes plus tard en se faisant passer pour un client et demandent si leur protégée est disponible, afin d'être certain de ne pas se faire avoir. Si elle l'est, ils raccrochent, si elle ne l'est pas, ils notent l'horaire de la prestation sur leur carnet. Un petit manège qui ne fait jamais long feu. Dans ce cas, j'avertis la fille en lui disant qu'elle ne peut plus continuer à travailler chez moi dans de telles conditions. Soit elle comprend, soit c'est la porte. D'autre part, si je remarque qu'une fille est battue par un mac, je suis obligée de prévenir la police, comme la loi m'y oblige… Je n'ai naturellement aucun scrupule à la faire, je respecte la loi et je hais tellement ces exploiteurs.

Comblée sur la plan professionnel, le suis-je aussi dans ma vie familiale, dans ma vie de femme ? Je ne vais pas m'étendre sur Daniel qui reste plus que jamais l'homme de ma vie. Il a accepté de nombreux sacrifices, dans sa vie professionnelle et sans doute d'homme, pour m'aider à réaliser mon rêve. Comme tous les couples, nous connaissons des hauts et des bas. Et des moments qui n'appartiennent qu'à nous, comme ceux au cours desquels nous retournons dans ce McDo de Marseille qui a marqué le début de notre amour.

Malheureusement, les rapports sont plus compliqués avec mes parents. Ils se normalisent avec mon père et ma mère avec qui nous avons refêté Noël. Mais la magie a disparu. Je préfère laisser mes frères et leurs enfants profiter de ce moment avec mes parents. Je sens que je n'ai plus ma place dans le cercle familial. Je ne suis plus la bienvenue auprès de mes frères aînés qui me cachent leurs enfants, de peur que je les « contamine » sans doute. Seul mon petit frère ne me juge pas, nous sommes frère et sœur, voilà tout. En même temps, je ne nourris aucun ressentiment vis-à-vis de mes deux autres frères. Je suis tout de même fière d'eux. Ils ont réussi à faire fructifier l'entreprise familiale de ma mère, me donnant aussi l'envie de relever le défi de monter mon affaire, en restant fidèle à la rage de ma mère qui se cassait les reins jour après jour pour pouvoir nous élever correctement. Son travail, l'entreprise qu'elle a léguée fait vivre aujourd'hui trois couples et cinq enfants. Je lui tire mon chapeau.

Voilà sans doute le prix à payer pour vivre comme je l'entends, sans mentir, jamais. Que va devenir le Venusia ? Je dis souvent que j'y mourrai, comme Molière sur la scène de son théâtre… Plus sérieusement, je n'en sais rien. Nous avons un bail de dix ans renouvelable, j'ai donc le temps de voir venir… Un jour, Sabine, une amie prostituée, avec qui j'ai coupé les ponts, m'a dit que j'avais beaucoup de chance d'avoir construit ce Venusia pour pouvoir le transmettre à ma fille. Je l'ai regardée, complètement interloquée, en lui disant qu'elle se trompait et que je ne déboursais pas 40 000 francs suisses chaque année dans les études de Leah, qui est pensionnaire dans un très bon établissement hors de Genève, pour qu'elle prenne ma succession.

J'ai découvert ensuite que la mère de Sabine exerçait déjà la même profession, elle trouvait aussi normal que son propre enfant fasse de même plus tard ! Pute de mère en fille ! Leah allait souvent jouer avec la fille de Sabine. En la questionnant sur ses mercredis après-midi, je m'aperçus que sa petite copine jouait avec ses poupées en leur donnant un rôle de prostituée et non d'infirmière ou de maman comme la majorité des enfants de cet âge, allant jusqu'à attacher Ken au radiateur pour le punir !

Elle ne faisait que reproduire le modèle qu'elle vivait au quotidien. Sabine travaillait chez elle et sa petite fille voyait à longueur de temps tous ces hommes entrer dans la chambre de sa mère, alors qu'elle jouait dans la pièce à côté. Inutile de vous préciser que Leah a rapidement changé d'activité le mercredi après-midi…

Mes enfants, justement. Si je ne regrette pas les rapports de franchise qui ont toujours régi nos relations, je me demande parfois ce qu'ils retiendront de ma vie. Je pense à eux, ce n'était pas forcément évident de répondre à cette question qui revient souvent dans la bouche des professeurs ou des camarades : « Quelle est la profession de ta mère ? » Je souris toujours en pensant à la formule qu'avait trouvée l'un de mes fils pour contourner l'obstacle. Sa réponse : « Elle est chef d'entreprise et dans un secteur qui ne connaît pas la crise, en plus ! »

Je pense aussi à Leah qui, un jour, en consultant notre quotidien local *La Tribune de Genève* dit à ma mère qui la gardait : « Regarde, mamie, elle est belle la photo de maman ! » Leah était tombée sur la page des annonces érotiques. Ma mère tenta bien de rectifier le tir : « Mais non, enfin ! Tu vois bien que ce n'est pas maman ! ». Mais Leah, avec l'assurance des enfants, poursuivit en lui disant : « Ah, c'est vrai ! tu ne peux pas savoir, car tu n'as pas son numéro de téléphone. Elle ne t'a donné que celui de la maison, et celui de papa. » Ma mère changea de sujet très vite…

Pour moi comme pour la grande majorité des mères, mes enfants représentent ce que je possède de plus précieux. Ce sentiment a peut-être été exacerbé par le besoin (et la volonté) de me prostituer, autrefois, pour les nourrir. Bien des fois j'aurais pu arrêter, revenir dans le circuit d'un monde professionnel plus courant, plus commun, mais lorsque je reçus ce genre de proposition, il était déjà trop tard. J'avais définitivement ma place dans ce monde de la prostitution.

Une activité qui n'a, j'espère, jamais perturbé mes enfants. Je suis toujours restée très discrète, en faisant les choses de manière cartésienne. Maman attentionnée à la maison, j'entretiens néanmoins une relation très différente d'un enfant à l'autre. Avec Kevin, elle est tout simplement fusionnelle ; peut-être le fait de lui avoir donné le sein jusqu'à la naissance de son frère ? C'est la seule personne sur cette Terre qui me connaisse par cœur. C'est aussi lui qui s'est rendu compte, lors de ma deuxième grossesse, que quelque chose avait changé dans mon corps. Il n'avait que seize mois quand il a commencé à ne plus vouloir être sur mon ventre pour prendre mon sein. Naïve, je pensais qu'il n'en voulait plus, mais il continuait de s'allonger à coté, en prévision de la tétée. Kevin avait décelé ma grossesse avant moi.

J'entretiens une relation très complice avec Pierre, mon fils cadet. Pour lui, et par principe, sa mère a toujours raison. Il est très indépendant, et ne demande rien à personne – surtout pas à sa mère lorsqu'il s'agit de mettre de l'essence dans le réservoir de sa Harley-Davidson. D'une discrétion exemplaire, il est aussi d'une nature effrontée, avec un goût prononcé pour l'aventure. Un rêveur de grands espaces qui est toujours présent quand j'ai besoin de lui.

Avec Leah, ma relation est plus particulière, plus distante. Seule de sa fratrie à ne pas avoir été allaitée, elle a la chance d'avoir un papa qui a satisfait le moindre de ses caprices, dès qu'elle a été à peu près autonome. Après une première expérience familiale désastreuse, quelle chance d'avoir un père, estimais-je… Du coup, nos relations sont plus distantes, peut-être n'ai-je pas envie de déteindre sur elle ?

Et puis, machinalement, je me suis petit à petit éloignée de ma fille lorsque les garçons sont devenus orphelins. En venant s'installer avec nous, c'est tout naturellement que je l'ai mise dans les bras de Daniel. Et lorsqu'à l'âge de cinq ans, elle devint plus indépendante, je repris alors mon activité professionnelle à temps plein. L'éveil de Leah fut donc assuré par les différentes nounous, ainsi que par son papa... N'ayant, je dois le reconnaître, jamais été une maman très câline, je reste toujours réservée au moment d'exprimer mes sentiments.

Sans doute Leah serait-elle restée fille unique si c'eût été mon aînée. Je suis devenue avec elle une maman très exigeante. Je tiens à ce qu'elle réussisse tout ce qu'elle voudra entreprendre.

Mes deux grands fils font tous les deux de bonnes études. Ils me donnent aussi un coup de main au Venusia. Ma petite Leah, qui n'est plus si petite que ça, n'est pas encore arrivée au stade des études supérieures. Daniel, comme moi, surveillons de très près ses fréquentations.

Quant au Venusia, l'œuvre de ma vie, je n'ai finalement qu'une certitude. Si l'un ou mes deux garçons voulaient le reprendre, je leur laisserais bien volontiers. Mais si Leah se mettait un jour en tête d'y travailler ou de le diriger, je préférerais le donner au premier venu. Je suis fière d'être pute, mais je ne le serais pas si elle en devenait une à son tour.

Remerciements

Merci à mes filles et amies qui m'ont permis d'évoluer et de réaliser mon rêve. Merci à Jean-Pierre, sans qui ce livre n'aurait jamais vu le jour. Merci à Axelle aussi pour sa patience et ses nuits solitaires. Merci encore une fois à mon mari qui canalise mes peurs et mes angoisses jusqu'à maintenant.

CET OUVRAGE A ÉTÉ COMPOSÉ
PAR FACOMPO À LISIEUX (CALVADOS)
ET ACHEVÉ D'IMPRIMER
SUR ROTO-PAGE
PAR L'IMPRIMERIE FLOCH
À MAYENNE EN MAI 2012

N° d'édition : 17227. – N° d'impression : 82385
Dépôt légal : mai 2012
Imprimé en France